বেদনার অষ্টপ্রহর

অধরা আঞ্জুমান পৃথা

For permission requests, please contact:
Rabeya Sultana
Email: rabeyasultanasimon@gmail.com

Book Title: *বেদনার অষ্টপ্রহর [Bedonar Ostoprohor]*
First Edition

Cover design by Kousik Zaman

This is a work of fiction. Any resemblance to actual persons, living or dead, or actual events is purely coincidental.

২০১৬ সালে প্রথম একটা গল্প লিখেছিলাম টাকার জন্য। একজন নাট্য নির্মাতার একটা ভালো গল্প দরকার। আমার এক বন্ধু বললেন, "ফেসবুকে যেসব লিখিস ওসব একটু গুছিয়ে বড় করে লিখে দে। সাড়ে তিন হাজার শব্দের একটা গল্প হলেই টাকা পাবি।" গল্প লিখে টাকা পাওয়া যায় এই ব্যাপারই আমাকে আনন্দ দিচ্ছিলো। আমার হাবিজাবি লেখালেখি ছিলো নতুন নতুন খোলা ফেসবুক আইডি পর্যন্ত। অতি আনন্দ নিয়ে লেখা শুরু করলাম। গল্প লেখা হলো। তিন হাজার টাকা পেলাম। বাবাকে জানালাম আমি লিখে টাকা পেয়েছি। বাবার তেমন আনন্দ হলো না। পড়াশোনা বাদ দিয়ে এসব সময় নষ্টের কাজ আমার কাছ থেকে তিনি আশা করেননি। সুতরাং আনন্দ হবার কথা নয়। কিন্তু আমার উৎসাহ আরো বেড়ে গেলো। টাকার আনন্দ নিয়ে বহু বই কিনে ফেললাম। কলেজে যাবার সময় বই পড়ি। রাতে এসে গল্প লিখি। গল্প লেখার সাথে টাকার সম্পর্ক বাদ হয়ে সম্পর্ক হয়ে গেল ভাল লাগার। লিখতে আমার ভালই লাগে। মোবাইলের নোটপ্যাডে লিখে লিখে জমা করা গল্পেরা আমার বন্ধু হয়ে গেলো। একা একাই নিজের লেখা পড়ে হাসি, মন খারাপ করি। কোন লেখা বাজে হলো তার সমালোচনা করি। সমালোচনা নিজে করে তেমন উন্নতি হচ্ছে বলে মনে হচ্ছে না। তাই পাঠকের কাছে এসেছি। পাঠকের সমালোচনা অবশ্যই কাজে আসবে।

উৎসর্গ

২০২৪ এর ২৫ মার্চ বাবা চলে গেলেন।

এবার বাড়ি গিয়ে গ্রামের দোকানে গেলাম আম্মার ওষুধ কিনতে। বিল দিয়ে ফেরার সময় দোকানী বললেন, "তোমার বাবা তোমার কথা অনেক বলতেন। তুমি নাকি বই লিখেছো? আমাকে তোমার একটা বই দিয়ে বলেছিলেন 'আমার মেয়ের গল্পের বই, পড়ে দেখো।' তুমি লেখালেখি করো এটা চাচার কাছে শুনে খুবই খুশী হয়েছি।" শুনেই আমার কান্না পেয়ে গেলো। চোখের পানির বাঁধ একটা সময় পর আর তেমন কাজ করে না। বাবাকে মনে পড়লেই আমি যখন তখন দুঃখী হয়ে যাই।

বাবাকে আমি যখন লেখালেখির কথা বলতাম তিনি কখনো খুশী হননি। আমি কেন মূল কাজ না করে গল্প লেখার মত সময় নষ্টের কাজ করছি তা বাবাকে খুবই বিরক্ত করতেন। প্রতিবার বাড়ি যাবার সময় নিজের লেখা বই নিয়ে বাবার টেবিলে রাখতাম। ভ্রূ কুঁচকে বইয়ের দিকে তাকিয়ে চোখ ফিরিয়ে নিতেন। বাবা অন্তত একবার আমার একটা লেখা পড়ুক, আমাকে বলুক "তোমার গল্প পড়লাম। অতি জঘন্য, এরচেয়ে চাকরীর পড়া পড়ো।" সেটা কখনো হয়নি। সবসময় ভাবতাম একটা ছোট্ট দুঃখ রয়ে গেলো। এখন বুঝি, দুঃখ আসলে রয়ে যায় না।

আমার বাবা 'আবু আহমেদ'কে। যিনি চলে যাবার আগে আমার এই ছোট্ট দুঃখটা কাটিয়ে গেছেন। যিনি এই উৎসর্গের কথা কখনো জানবেন না। যিনি জানবেন না আমি তাকে ছাড়া কেমন অসহায়।

ভূমিকা

প্রথম বইটি ছাপা হবার পর আমি অনেকটা আকাশে উড়তে লাগলাম। মনে হলো গল্প লিখতেই আমার জন্ম হয়েছে। খেতে বসলে মাথায় গল্প ঘুরছে, গোসল করতে গেলে চমৎকার সব কাহিনী বানিয়ে ফেলছি, রাস্তায় হাঁটছি- গল্প বানাতে বানাতে হঠাৎ হাসির কোনো দৃশ্য আসলো, ততক্ষণে একা একাই হাসছি। মানুষ আমার হাসি দেখছে। অদ্ভুত দৃষ্টি নিয়ে চারপাশের সবাই তাকিয়ে আছে আমার দিকে।

মাথায় হাজার হাজার গল্প বানিয়েও আমি কিছুই লিখতে পারলাম না। ২০১৯ পুরো বছর গেলো, যে কটা লেখা আমি লিখেছি পড়ে নিজেরই বড় অখাদ্য লাগলো। প্রকাশককে কী দেবো। প্রতিজ্ঞা করলাম, 'গল্পশোভন' এর মত কোনো লেখা না হলে এবার আর বই দেবো না। দুঃখজনক ঘটনা হলো, লেখাগুলো অখাদ্য থেকে খাদ্য হলো না। আমিও ২০২০ এর মেলায় বই দিলাম না।

এই আফসোস আর নিয়ে মন খারাপ করে বসে আছি। প্রচুর বই পড়ছি। গল্প উপন্যাস পড়ে একাকার। বাসনা করে রেখেছি খাদ্য অখাদ্য যা-ই হোক, কেবল গল্প না, আমি উপন্যাসও ধরবো। ছাপানো না হোক, তবু লিখবো। অতি অদ্ভুত ব্যাপার- লিখলে আমার মন ভালো থাকে। নিজের লেখা নিজে পড়ে মুগ্ধ হয়েছি এমন ঘটনা অহরহ। এমন ঘটনা যেদিন ঘটেছে, সেদিন আমার মন থাকে প্রচুর ভালো। নিজেকে মনে হয় পৃথিবীর সবচেয়ে সুখী মানুষ।

'গল্পশোভন' আমার প্রথম বই। তার ভূমিকায় লিখেছিলাম- আমার লেখা সব গল্প হয়তো পাঠক পছন্দ করবেন না। কিন্তু বিশ্বাস, যেকোনো একটা গল্প পাঠকের মন ছুঁয়ে যেতে বাধ্য। এই বইতে এমন কোনো আত্মবিশ্বাসী লাইন আমি লিখতে পারবো না। পারছি না। নিজের ভেতরে নিজেই লজ্জায় মরে যাচ্ছি। তবে, উচ্চতর মানের মানসিক বিপর্যস্ততা নিয়ে যে এটুকু লেখা বইতে আবদ্ধ করতে পেরেছি এটুকুই

বোধহয় আমার জন্যে আশীর্বাদ। আপনারা আমাকে উৎসাহী করবেন এই কামনা সবসময় থাকে।

আপনারা আমার গল্প পড়ে ভুল ধরিয়ে দিন। আমাকে জানান। শোধরানোর সুযোগ করে দিন। একটাই অনুরোধ শুধু করি সবার প্রতি সবসময়- নতুনদের কেউ যেন কখনো অনুৎসাহিত না করে। নিজেকে প্রকাশ করবার অবাধ স্বাধীনতা কে না রাখে। বইয়ে বানান, শব্দ বা বাক্যে কোন ভুল থাকলে ক্ষমাসুন্দর দৃষ্টিতে দেখবেন আশা রাখছি। ভুল থাকবে, মানুষ তো ভুলে ভরা।

একশজন পাঠক থেকে একজনও যদি এই বইয়ের একটি গল্প ভালোবাসে, তার প্রতি আমার কৃতজ্ঞতার শেষ থাকবে না। কেউ যখনই আমার লেখাকে সুন্দরের বিশেষণ দেয় তখনই কবি রজনীকান্তের সেই রচিত গানের লাইন দুটি মনে পড়ে যায়। সৃষ্টিকর্তার প্রতি ঝুঁকে যায় মাথা।

"আমি অকৃতী অধম বলেও মোরে কম তো কিছু দাওনি। যা দিয়েছো তার অযোগ্য ভাবিয়া কেড়েও তো কিছু নাওনি।"

অধরা আঞ্জুমান পৃথা

রোজেনহাইম, জার্মানী

গল্পনামা

বিষ

'চাঁদনী পসরে কে আমায় স্মরণ করে

কে আইসা দাঁড়াইছে গো আমার দুয়ারে..'

গানের গলা তেমন ভালো না জেনেও মুজিব চাঁদনী রাতে মাছ ধরার জাল হাতে বের হলেই এই গান ধরে। আজ সম্ভবত পূর্ণিমা। আকাশ ভেঙে জোছনা গলে গলে পড়ছে। বর্ষার পানিতে চারপাশ থৈথৈ করছে। খালে বিলে মাছের আর ব্যাঙের একচেটিয়া রাজত্ব। বর্ষার অনেকগুলো সুন্দর দৃশ্যের একটি হলো পূর্ণিমা রাতে চাঁদের আলো যখন বিলের পানিতে পড়ে। তখন মনে হয় লক্ষ লক্ষ তারা মাটিতে নেমে এসে লুটোপুটি খাচ্ছে। এই সুন্দর দৃশ্য মানুষ বেশিরভাগ সময়ই দেখতে পারে না। কারণ গভীর রাতে যে যার বাসস্থানে থাকে। ঘুমায়। চাঁদের আলোর সাথে চলনবিলের পানির খেলা মুজিব প্রায়ই দেখে। মাছ মারার জন্যে সে বিলে ঘোরাঘুরি করে মাঝরাত পর্যন্ত। কখনও কখনও ঝুলি ভরতি মাছ নিয়ে ফেরে। কখনও দেখা মেলে গুটি কয়েক কাঁকড়া আর চিংড়ি মাছের। অবশ্য জীবিকার জন্যে মধ্যরাতে মাছ ধরা ছাড়াও মুজিবের আরও একটা রোজগারের রাস্তা আছে। দিনের বেলায় সে রাজমিস্ত্রির কাজ করে। দিন হিসেবে মজুরি পায়। একদিন কামাই মানে বেতন কামাই। রাজমিস্ত্রির কাজ করে পাওয়া টাকা সে সংসারে খরচ করে না অত। পুরো টাকাটাই চেষ্টা করে জমাতে এবং সংসার চালায় মাছ বিক্রির টাকা দিয়ে। সঞ্চয় অনেক বড় এক বিষয়। মুজিবের এখন সংসার আছে। একটা বাচ্চাও আছে। বাচ্চার জন্যে কিছু তো করতে হবে। এখন থেকে চিন্তা না করলে বাচ্চার সঠিক ভবিষ্যৎ নির্ধারণে দেরি না হয়ে যায়। বাচ্চাটার বয়স চার বছর। এখনই সে বাবা ঘরে ঢুকলেই দৌড়ে কোলে এসে বলে 'বাবা আমার জন্যে কিছু আনোনাই?'

মুজিব বাচ্চার এই চাহিদায় মনে মনে খুশি হয়। সে খুশি কাওকে দেখানো যায় না। পকেট থেকে দশ টাকা দামের চানাচুরের প্যাকেট বের করে মেয়ের হাতে দেয়। মেয়ে প্যাকেট হাতে নিয়েই বাবাকে আবার ফেরত দিয়ে চোখ ইশারা করে খুলে দিতে। অতটুকু সময়ে একটা চানাচুরের প্যাকেট খুলতে যেয়ে মুজিবের মনে হয় পিতৃত্বের সার্থকতা বুঝি এখানেই।

স্বামী হিসেবেও সে দায়িত্বশীল। স্ত্রীকে ভালোবাসা এবং সম্মান কিভাবে দিতে হয় সে বোঝে। অনেক পুরুষ আছেন যারা ভালোবাসতে জানলেও সম্মান দিতে জানেন না। তাদেরকে কে বোঝাবে, ভালোবাসা ক্ষণেক্ষণে বদলায়। টিকে থাকে সম্মান। তার বউয়ের নাম জোহরা। সেও মা মরা মেয়ে। জোহরা মুজিব আর তার বাচ্চার খুব খেয়াল রাখে। একবার মুজিবের জ্বর হলো, সে সারারাত ধরে জেগে রইলো। একটা বারের জন্যেও বিছানা ছেড়ে উঠলো না। জলপট্টি দিয়ে জ্বর কমিয়ে ছাড়লো। মুজিব কয়েকবার ধমক দিয়ে বলেছিলো-

'ঘুমাইতে যা জোহরা। সকালে উঠলেই আমার জ্বর পালাইবো। তুই বইসা থাকিস না।' জোহরা নরম গলায় জবাব দিয়েছে

'কী কন? জ্বরে আগুন জ্বলে আপনার শইল্যে। আমি ঘুমাই কেমনে?'

'এই জ্বরে কেউ মরে যায় না রে বউ। চিন্তা করবি না। বাঁইচা থাকবো।'

মুজিবের এই কথা শেষ হবার আগেই জোহরা মুখ চেপে ধরে বললো

'অলক্ষুণে কথা ছাড়া কিছু নাই আপনার মুখে? এসব কেমুন ধরনের কথা কন?'

মুজিবের চোখ ভিজে আসে বউয়ের এই টান দেখে। মেয়েটা এত ভালোবাসে তাকে। দুঃখের পরে সুখের দিন আসে। মুজিবের কি তবে সুখের দিন এলো এবার?

জোহরার খেয়ালও মুজিব রাখে। তেল সাবান সঠিক সময়ে এনে দেয়। মেয়েদের প্রসাধনী ঠিক থাকলে তাদের মনও ফুরফুরে থাকে। তাছাড়া চাইবার আগে দরকারি জিনিস দিলে যে মেয়েমানুষ অবাক হয়ে যায় মুজিব জানে।

আমন ধানের দিনের কথা। উঠোন ভর্তি ধান মেলে দেয়া হয়েছে। সূর্যের তাপ ধানের পিঠে যেমন লাগছে, লাগছে জোহরার পিঠেও। একটু পরপরই ধান উল্টে দিতে হচ্ছে। গরম এবং ঘাম চোখের ভেতরে চলে যাচ্ছে। তৃষ্ণায় ছাতি ফেটে যাচ্ছে এমন লাগছে যেন। হঠাৎ মুজিব কোথা থেকে দৌড়ে এসে জোহরার হাতে একটা ঠান্ডা জুসের বোতল ধরিয়ে দিলো। জোহরা অবাক হয়ে তাকিয়ে আছে। দামী জুসের বোতল দেখে কঠিন গলায় মুজিবকে ধমক দিলো।

'এই জুস দিয়া আমি কী করবো? টাকা নষ্ট করার আর রাস্তা পান না আপনে? দিন দিন বদ হইতাছেন কইলাম।'

মুজিবের হাসি দেয়ার কথা এসব শুনে। সে তাড়াহুড়ো করে হাতে একটা কাগজের ব্যাগ ধরিয়ে দিয়ে বলে

'তোর এত কথা শোনার সময় নাই আমার। জুসটা শেষ কর। গলায় আরাম পাবি। আমি কাম ফাঁকি দিয়া বাড়িত আসছি। আর শোন, কাম শেষে গোসল কইরা এই নতুন শাড়িটা পিনবি। আজকে রিকশায় ঘুরমু তোরে নিয়া।'

'এত ঢঙ আপনের! বাবু কই যাইবো?'

'হ হ বাবুরেও নিমু নে। এখন লক্ষ্মী বউয়ের মত কথা শোন। আমি গেলাম।'

সুখী এই সংসারটা সত্যিই মুজিবের। সে নিজেই বিশ্বাস করতে পারে না। আল্লাহপাক নেক নজরে তার দিকে চেয়েছেন। নয়তো দুঃসময়ের এক মহাসমুদ্র পাড়ি দেয়া যে একদিন শেষ হবে তা তো

মুজিব বুঝতেই পারেনি। বছরখানেক আগে তার কিছুই ছিলো না। একটা ঘর ছিলো না নিজের। বাবার ঘর যেটা ছিলো তা দীর্ঘ বছরে একটু একটু করে ঝড়ের কবলে চলে গেছে। মা বাবা কবে কোন বৈশাখী ঝড়ের পর এ বাড়িতে একা ফেলে রেখে গেছে মনে করতে পারে না। লোকমুখে শুনেছে মুজিবের বাবার ছিলো খারাপ মেয়ে মানুষের নেশা। তার মাকে ছেড়ে সে চলে গেলো পাবনার এক মফস্বল এলাকায়। একথা জানতে পেরে দিন পনেরো নাওয়াখাওয়া ছেড়ে দিয়ে মুজিবের মা সফুরা কেবল চিৎকার করে কাঁদলো। স্বামী চলে যাবার শোকে ব্যথাতুর হয়ে সে কতটা আহত তা এলাকাজুড়ে মানুষকে জানাতেই এই আয়োজন। বাবা চলে যাবার দুঃখ অত না বুঝলেও সে মায়ের কান্না দেখে কষ্ট পেতো। মায়ের পাশে বসে থাকতো চুপচাপ। মানুষ বলতো-

'তোর মাও তোরে ছেড়ে যাবে রে মুজিব। এখন থেইকা কাম খোঁজ, শক্ত হ। খাবার রোজগার করা শেখ।'

মানুষের এসব কথা মুজিব শুনেও শুনতো না। মাকে সে কখনো বলেনি, কিন্তু মাকে সে ভালোবাসে। মা কখনোই বাবার মত তাকে ছেড়ে যাবে না সে জানে। সফুরা চলে গেলো। মুজিবের ধারণা মিথ্যা প্রমাণ হলো। ছেড়ে যাবার সময় হলে মা ও ছেড়ে যায়।

ছেলের ভালোবাসা আর মায়া সফুরাকে ধরে রাখতে জানলো না। পনেরোদিন পরেই সে পান বিক্রেতা রফিকের হাত ধরে পালিয়ে গেলো। যাবার সময় মুজিবের স্মৃতি হিসেবে এক সেট নতুন কাপড় নিয়ে গেলো। ওর বয়স নয় চলছে তখন। সেদিন ভোরের আলো তখনও ফোটেনি। কয়েকটা পাখি কেবল কিচিরমিচির করছে। সকালে না গেলে শাপলা ফুটন্ত অবস্থায় পাওয়া যায় না। মুজিব উত্তরের দুলুপাড়ার শাপলাবিলে শাপলা তুলতে গেছে সঙ্গীরা সহ। এসে দেখলো মা নেই। নয় বছর বয়সী ছেলেকে নিয়ে প্রেমিকের সাথে পালানো যায় না বলেই হয়তো সফুরা ছেলেকে না জানিয়েই পালিয়ে গেছে। ভালোবাসায় অন্ধ হয়ে গেলে একমাত্র সন্তানের একা জীবন কিভাবে কাটবে তা মাথায় কাজ করে না।

মুজিবের শুরু হলো একা জীবন। বড় হতে লাগলো মা বাবাকে ঘৃণা করতে করতে। মা বাবাকে ঘৃণা করে বেড়ে ওঠার মত শৈশব যেন কখনো কারোর না হয়, এই দোয়া সে নামাজে করে। একা হয়ে যাবার পর তাকে অনেক কষ্টে টিকে থাকতে হলো। তার ঠাঁই হলো ক'দিন এ বাড়ি ক'দিন ও বাড়ি।

অনেকগুলো বছর পেরোবার পর মুজিব এখন নিজের সুখের দিন দেখতে পারছে। নিজ হাতে সংসার গড়ে তুলেছে তিলে তিলে। সংসার ভরতি সুখের বসবাস তার। বাজার খরচের টাকা আর সংসারের অন্যান্য অভাবের টাকার যোগাড় করার জন্যে সে সন্ধ্যার পরপরই জাল নিয়ে বিলে চলে যায়। লুঙ্গির খোঁটে বাঁধা থাকে বেতের খাঁচা আর কেরোসিন দিয়ে কায়দা করে বানানো মাছের খাবার। নির্দিষ্ট জায়গায় ওই খাবার ছিটিয়ে দিলে অল্প সময়ের মধ্যে মাছ এসে জমা হয়। সহজে জাল ফেলে তাদের ধরা যায়।

আজকের মাছ ধরা সুবিধার হলো না। মাছের খাবার ছিটানো জায়গাতেও কোনো মাছ এলো না। প্রথমবার জাল ফেলার পর জাল টানটান হয়ে আটকে গেলো। মুজিব ভাবলো বড় মাছ আটকেছে বলে হয়তো টান লাগছে। জাল উঠিয়ে দেখতে পেলো বড় একটা গাছের ডাল। মন খারাপ হলো। আরেকবার ফেলে দেখা যাক। জাল ফেলার অনেক নিয়ম আছে। কিছু কিছু মাছ পানিতে জাল পড়ার সঙ্গে সঙ্গে ধরা পড়ে। আর কিছু মাছ কাদার নিচ থেকে উঠে এসে পালাতে চায় বলে তাদের আটকা পড়তে সময় লাগে। দ্বিতীয়বার জাল ফেলার পর মুজিব অপেক্ষা করলো। এখন সে পানিতে নেমে জালের কিনারটা ভালো করে কাদায় গেঁথে দিবে যেন বড় শোল বা মাগুর ধরা পড়লে পালাতে না পারে।

রাস্তায় কুকুর ডাকছে। রাত বেশ গভীর হচ্ছে বোঝা যাচ্ছে। মুজিবের গা একটু একটু ভারী হয়ে এলো। ব্যাঙের ডাকের সাথে কুকুরের ডাক মিশে একটা ভয়ংকর সুর তৈরী হচ্ছে। যেন ভূতের ছবির কোনো মিউজিক বাজানো হয়েছে। জাল ফেলার জন্যে মুজিবকে কোমর

পর্যন্ত পানিতে নামতে হয়েছে। বর্ষাকাল না হলে এটুকু জায়গায় থাকে হাঁটু সমান পানি। বা তারও কম। হঠাৎ মনে হলো লুঙ্গির নিচে কিছু একটা কামড় দিলো। হালকা চিনচিনে ব্যথা অনুভব করতে পেল সে। কাকড়া বা চিংড়ি মাছ হবার সম্ভাবনা বেশি। এ সময় চিংড়ি মাছের বংশ বিস্তার বেড়ে যায় খুব। লুঙ্গি পরে পানিতে নামার অসুবিধা হচ্ছে, যখন তখন মাছ ঢুকে ঘাই মেরে চলে যায়। মুজিব আফসোস করে নিজে নিজেই বলে-

'ব্যাটারা, আমারে জ্বালাতন না কইরা সাহায্য করলেই পারস। জালের ভিতরে ঢুকতে পারস। এমন ত্যক্ত করিস না। মিজাজ গরম হয়।'

আজ মেজাজ গরম হবার মতনই অবস্থা। দ্বিতীয়বার জালে কটা ট্যাংরা আর পুঁটি ছাড়া কিছুই উঠলো না। তারমানে আজ কপাল খারাপ। জাল গুটিয়ে মুজিব বাড়ির রাস্তায় হাঁটা ধরলো। জোহরা এখনো জেগে আছে। স্বামীর জন্যে খাবার বেড়ে অপেক্ষা করছে। বাচ্চাকে ঘুম পাড়িয়ে সে রান্না বসিয়েছিলো। মুজিব আসতে আসতে রান্না শেষ হবে। তারপর একসাথে খেতে বসবে।

মাছ না পাবার ঘটনা তাকে আজ মর্মাহত করেছে। বাড়িতে এসেই জোহরার সাথে খারাপ ব্যবহার শুরু করলো।

'মাঝরাইতে খাবার বাইরা বইসা থাকবি না। না করলাম আইজকা। সারাজীবন যেন মনে থাকে। মনে না থাকলে চড়ায়া দাঁত ফালামু তোর।'

জোহরা এরকম ব্যবহারে অভ্যস্ত নয়। সবসময় মাছ ধরা থেকে ফিরে মুজিব চুপচাপ খেতে বসে। কী কী মাছ ধরলো তার গল্প করে। দু'জনে একে অন্যের মুখে খাবার তুলে দেয়। আজ মুজিবের মেজাজ ভাল না বোঝা যাচ্ছে। জোহরা অবাক হয়ে জিজ্ঞেস করে-

'কী হইছে আপনের?'

'কী হইবো? শইলে ব্যথা। ঘুমাইতে গেলাম। খবরদার খানা নিয়া ত্যক্ত করবি না।'

'আমি যে খাইনাই তার কী হইবো?'

'তুই না খাইলে আমি কী করুম? মুখে তুইলা খাওয়ামু? হা কর তোরে লাথি খাওয়াই। তোর আইজ রাইতের খানা স্বামীর হাতের লাথি। নে, কর হা।'

'আপনের মাথা খারাপ হইছে। পাগল হইছেন। আমি আপনের লগে কথা কইলেও পাপ হইবো।' বলতে বলতে জোহরা আঁচলে মুখ মুছলো। তার কান্না থামছে না। কাঁদতে কাঁদতে সে খাবার গুছিয়ে রেখে ঘুমোতে গেলো।

মুজিব ঘুমাতে পারলো না। বিছানায় শোয়ার সাথে সাথেই সে টের পেলো তার পুরো শরীর ঝিম ধরে গেছে। গা জ্বালাপোড়া করছে। জোহরার কাছে পানি চাইলো। স্বামীর বকাঝকা হজম করতে না পেরে জোহরা আজ মেয়েকে নিয়ে অন্য ঘরে ঘুমাতে গেছে। মুজিব কয়েকবার ডেকে ডেকে পানি চাইলো, সে শুনতে পেলো না।

মুজিব টের পেলো তার দু পায়ের মাঝখানে ব্যথা করছে। গোপনাঙ্গের ঠিক পাশে। চিনচিনে ব্যথা অল্প থেকে ধীরে ধীরে তা তীব্র হচ্ছে। মনে হচ্ছে ভেতরে কলিজা ফেটে গেলো ব্যথায়। মাথা প্রচণ্ড ভারী হয়ে আছে। মুজিব মূল ঘটনা বুঝলো, এ কোন মাছের কামড় হতে পারার কথা নয়। মাছ কাটলে চিনচিন সেই ব্যথা এত বেড়ে যায়না এখন বুঝতে পারল কেন তার অবস্থা এমন হচ্ছে। মনে হচ্ছে ব্যাথার অংশে কেউ একের পর এক ছুরির আঘাত করছে। চিৎকার করে সে জোহরাকে ডেকে বললো -

'বউ, ও বউ, ওসমানরে জলদি গিয়া ক আমারে হাসপাতালে নিতে। আমার অবস্থা ভালা না। যা, জলদি ক।'

ওসমান তার ছোটবেলার বন্ধু। পাশের বাড়িতে মা সহ থাকে। মুজিবের মত সেও খেটে খাওয়া মানুষ। যেকোন বিপদে তারা দুইজন একে অন্যের সাথে ছায়ার মত থাকে।

চিৎকার শুনে জোহরা দৌড়ে এসে দেখলো মুজিব মেঝেতে পড়ে আছে। তার চোখ উল্টানো। মুখ ভর্তি লালা মাটিতে মিশে যাচ্ছে। কেন সে রাগ করে অন্য ঘরে ঘুমাতে গেলো, কেন স্বামীর ডাক শুনে আরো আগে এলো না। নিজের উপর রাগ করার সময় ও পেলো না। গগনবিদারী এক চিৎকার দিশেহারা হয়ে বের হয়ে গেলো বাইরে। ওসমানদের ঘরের সামনে গিয়ে চিৎকার করে কাঁদতে কাঁদতে বললো,

'ওসমান ভাই আমার স্বামীরে বাঁচান। আমার স্বামী মরে যাইতেছে। আমার স্বামী মরে যাইতেছে।'

গভীর ঘুমে থেকেও জোহরার চিৎকারে ওসমান উঠে গেলো। আশপাশের কয়েকবাড়ি জেগে গেলো। সবাই মিলে ভ্যানে করে মুজিবকে নেয়া হল হাসপাতালে। হাসপাতালে নেয়ার বহু আগেই মুজিব বেহুঁশ হয়ে গেছে। ডাক্তার তাকে দেখেই জানালো,

'উনাকে সাপে কামড় দিয়েছে। ভ্যাক্সিন দিতে হবে। কোন সাপ কামড়েছে নাম জানা ছাড়া আমরা ভ্যাক্সিন দিতে পারবো না। সাপের নাম কী?'

ওসমান জানে না কী সাপে কামড়েছে। যারা ওসমানসহ মুজিবকে ধরে হাসপাতালে নিয়ে এলো সবাই ওসমানের মুখের দিকে চেয়ে আছে। সবার চোখেমুখে দিশেহারা ভাব। এখন কী হবে। মুজিবের শরীর নীলবর্ণ ধারণ করতে শুরু করেছে। ডাক্তার আবার জানালেন,

'এখানে সময় নষ্ট না করে তাকে ওঝার কাছে নিয়ে যান। ওঝা বিষ নামিয়ে কিছু একটা করতে পারবেন।'

হাসপাতাল থেকে তিন কিলোমিটার দূরে ওঝার বাড়ি। আবার সবাই মিলে ওঝার কাছে নিয়ে এলো। গভীর রাত, রাস্তার খাদ খন্দর পেরিয়ে ওঝার কাছে নেয়ার পর ওঝা জানালো বিষ সারা শরীরে ছড়িয়ে পড়েছে। এ অবস্থায় বিষ নামানো তার পক্ষে সম্ভব না। ওসমান অসহায় হয়ে গেলো। এত কাছের বন্ধু মুজিব। কিভাবে তাকে এভাবে যেতে দিবে। জোহরাকে কী জবাব দেবে। ওঝা জানালো 'আমার এইখানে চিকিৎসার আশা বাদ। শেষ আশা হিসেবে তারে গির্জায় নিয়া যান। ওইখানে নাকি অনেক মানুষ মৃতপ্রায় রোগী নিয়া জান ফিরে পাইছে।'

এই ছাড়া আর কোন উপায় নেই।

বাড়িতে জোহরাকে রেখে এসেছে। জোহরার ছোট্ট মেয়েটাকে একা রেখে সে স্বামীর সাথে জোহরা বিলাপ করে কাঁদছে। তাকে ওসমান ধমক দিয়ে বলে এ্সেছিলো-

'বিপদে আপদে মেয়ে মানুষের কান্না অসহ্য। কানবা না তো জোহরা। মুজিবের কিচ্ছু হইবো না। কান্না বন্ধ। চুপ করো।'

ভ্যানে তোলার পরপরই মুজিবের স্বল্প সময়ের জন্য জ্ঞান ফিরলো। চোখ খোলা, কথা বলতে চেষ্টা করলো।

জোহরা দৌড়ে এসে সে মুজিবের হাত জড়িয়ে ধরলো দু'হাতে। কাঁদতে কাঁদতে বলেছিলো-

'আপনে আমারে ছাইড়া যাবেন না কোথাও। আমি রাতে ভাত খাইনাই। একসাথে খামু বইলা। আপনের কী হইছে? ক্যান এমুন হইলো? কন না কি হইছে?'

ভ্যান থামলো না। দেরি হয়ে যাচ্ছে। দ্রুত পৌছাতে হবে হাসপাতালে। মুজিব ওসমানের দিকে তাকিয়ে বললো-

'ওসমান, আমার বউটা বড় ভালোবাসে আমারে। ওরে আজকে বকলাম খুব। গালাগালি করলাম। সাপের কামড়ের ব্যথায় দিশেহারা

হইছি। বুঝিনাই কী কইতে কী কইলাম। জোহরারে কোনোদিন বলা হয়নাই ওরে আমিও কতটা ভালোবাসি।'

ওসমান দেখলো মুখ দিয়ে ফেনা বের হচ্ছে মুজিবের। হাত পা ছোড়াছুড়ি করতে করতেও কথা বলে যাচ্ছে। সে বললো,

'তুই চুপ কর এখন। আমরা চলে আসছি হাসপাতালে। একটু পরেই তুই সুস্থ হবি। চুপ কর ভাই আমার।'

'হায়াত মওত আল্লাহপাকের হাতে। আমি নাও বাঁচতে পারি। বাচ্চাটা এতিম হইবো মইরা গেলে। এই একটা আফসোস। ওসমান শোন, জোহরারে বলিস ওরে আমি খুব ভালোবাসি। নিজের চাইতে বেশি।'

কথা শেষ করার আগেই সে বেহুঁশ হয়ে গেলো। ওঝার কাছ থেকেও আশা ছাড়া হয়েছে। ওসমানের বারবার মনে পড়ছে জোহরাকে দেয়া কথা সে হয়তো রাখতে পারবে না। মুজিব কখনো আর সুস্থ হয়ে ফিরবে না। শেষ আশা হিসেবে খ্রিস্টানদের গির্জায় নেয়া হলো তাকে। বনপাড়া এলাকায় মুসলিমের সমপরিমাণ খ্রিস্টানেরও বাস। শুনেছে তারা একটা দামী পাথর এনেছে ইতালি থেকে। যা শুধু সাপে কাটা রোগীর জন্যে। সাপে কাটা স্থানে সেই পাথর ছোঁয়ালেই বিষ নেমে যায় এবং রোগী পুরোপুরি সেরে যায়।

গির্জায় পৌঁছাতে রাত তিনটা বাজলো। এতরাতে গির্জার গেইট বন্ধ থাকবে স্বাভাবিক। অনেক চেষ্টার পর গেট খোলা হলো। পাথরটা যেই ফাদারের অধীনে তাকে ঘুম থেকে ডেকে তোলা হলো। ওসমান তাঁর পা ধরে পড়ে রইলো। যে করেই হোক মুজিবকে যেন সেই পাথর ছোঁয়াতে দেয়। ফাদার জানালেন রোগীকে পাথর ছোঁয়ানোর আগে তিনি পরীক্ষা করতে চান। রোগী কী বেঁচে আছে না মৃত।

বাইরে ভ্যানের উপরে মুজিব শুয়ে আছে। তার দু'পাশে আরও তিনজন ছেলে।

ফাদার ধীরপায়ে এগিয়ে যাচ্ছেন তাকে দেখতে। আকাশভর্তি জোৎস্না। রূপালি রোদের মত। চারপাশ থেকে ব্যাঙের ডাক ভেসে আসছে। গির্জার ভেতরে এক দুটো কুকুরও ডাকছে। কুকুরের ডাকের সাথে ব্যাঙের ডাক মিলে হয়েছে হরর ছবির ভূতুড়ে সেই মিউজিক। এই মিউজিক সন্ধ্যারাতে যেই ছেলেটা শুনতে পেয়ে ভয় পেয়েছিলো, তাকে সাপে কেটেছে। ফাদার আসছেন তার হাতের শিরা পরীক্ষা করতে। রাত আরও গভীর হচ্ছে। একটু পরই ভোর হতে শুরু করবে।

দু'বছর পরের কথা।

ওসমান এখন জোহরার স্বামী। মুজিবের সন্তানের বাবা। মুজিবের সন্তান তাকে বাবা ডাকতে পারেনি বেশিদিন। বুঝ হবার পর সে বাবা হিসেবে ওসমানকেই চিনেছে। জগত খুবই রহস্যময়।

মুজিবের মৃত্যুর পর জোহরাকে সান্ত্বনা দিতে যেয়ে কখন সে জোহরাকে এতটা আপন ভেবে ফেলেছে টের পায়নি। মুজিবের গড়া সুখী সংসার এখনও সুখী আছে। জোহরা হাসিমুখে রাতের খাবার নিয়ে ওসমানের জন্যে অপেক্ষা করে। সে ঘরে এলে আহ্লাদ করে বলে

'খাইতে আসেন, আপনারে ছাড়া গলা দিয়া খানা নামে না।'

পূর্ণিমা রাত হলে কেবল ওসমানের একটা অপরাধবোধ জাগ্রত হয়। সে জোহরাকে বলতে পারেনি 'মুজিব তোমারে খুব ভালোবাসতো।' বরং বলেছে 'জোহরা আমি তোমারে বড় ভালোবাসি।' এ অপরাধবোধে সে কোনো কষ্ট পায় না। যা ঘটেছে তা ঘটবার বলেই তো ঘটেছে। কিসের এত চিন্তা?

অনুপম দিন

ভার্সিটিতে উঠেইতো মানুষ ঘোরাফেরা শুরু করে পুরোদমে। ব্যস্ত হয়ে উঠলে আর কোথাও যাওয়া হবে না। নটা-পাঁচটা বেতন ধরা চাকরি আর বারো'শ স্কয়ার ফিটের সংসারে আটকে থাকবে ৩৬৫ দিন। দম ফেলার ফুরসত মিলবে না কখনো কখনো। এই ভয়াবহ ব্যস্ততার কোনো মানে হয়? অবশ্য হাসানের অত ব্যস্ত হতে ইচ্ছে করে না। জীবন সম্পর্কে তার খুব বেশি ভারী চিন্তাভাবনা নেই। সহজ সাবলীল প্রক্রিয়ার সূতো ধরে একটা সুখী জীবন পার করে দিতে পারলে খুশি। বারান্দায় বসে সে এসবই ভাবছে।

আজকের বিকেলটা একটু বেশি সুন্দর। সূর্য ডুবছে। আকাশের রক্তিম আভা যেন রাস্তার পাশের কৃষ্ণচূড়া গাছের মাথায় ছিটকে ছিটকে পড়ছে। মেঘেরাও ধবধবে সাদা জামা পরে দলে দলে কোথাও বেড়াতে যাচ্ছে। হঠাৎ হঠাৎ এমন সুন্দর আকাশে কখনো কখনো বৃষ্টিপূর্ব বার্তা হিসেবে রংধনু দেখা যায়। কি জানি কোথাও রঙধনু উঠলো কি-না।

বারান্দায় বসে গিটারের টুংটাং শব্দ উৎপত্তি করতে করতে হাসান ভাবলো এবারের সেমিস্টার ব্রেকের ছুটি কাটাবে দারুচিনি দ্বীপে। হ্যাঁ, সেন্টমার্টিন। এর জন্যে দরকার হেল্পার। সাহায্যকারী। জালালকে রাজি করাতে হবে। জালাল রাজি হলেই তার মা রাজি হবে। মায়েরা খুব ভীতু হয় এই একটা ব্যাপারে। সন্তানকে দূরে ঘুরতে যেতে দিতে তাদের ভীষণ ভয়। পরিচিত আস্থাশীল কেউ যদি সন্তানের সাথে থাকে তখন ভয় কিছুটা কমে। এতকিছু ভাবে না হাসান। বাকিটা জালাল বুঝবে। হাসানের কিছু আর ঢুকবে না মাথায়। একবার সেন্টমার্টিন ঢুকেছে তো ঢুকেছেই। আজ এত সুন্দর বিকেল দেখেও গিটারে সুর উঠছে না। উঠবেও না, মস্তিষ্কে যে এখন শুধু নীল জলেরা খেলছে! সমুদ্র ব্যাপারটাতেই একটা মোহ আছে। মনে পড়লেই কেমন হৃদয় উদ্বেলিত হতে শুরু করে। যেন হাজার বছরের আপনজনকে মনে করছে কেউ,

যেন ভালোবাসছে, কাছে যেতে চাইছে। নিষ্পাপ সমুদ্রকে একবার ছুঁয়ে দেখলেই শত মুহূর্তের পাপ জলে ভেসে যায়। হ্যাঁ, যায় তো। এই টান এই ভালোবাসা যেন এক নেশা।

জালালের কাছে গিয়ে সমুদ্র ভ্রমণের প্রস্তাব রাখতে হবে। তাকে রাজি করাতে হবে যে করেই হোক। হাসান আরো ভাবে- পড়াশোনার আবদ্ধ জীবনে আর শহুরে খাচায় থেকে থেকে মনে জং ধরে যাচ্ছে যেন।

প্রথমবার বলাতেই জালাল রাজি হয়ে গেলো।

'এ তো খুবই ভালো বুদ্ধি রে।' বলে লাফিয়ে একেবারে গায়ে পড়ে যাচ্ছে। হাসান অনুরোধের ঢোক গিলে নিয়ে আরেকবার বলতে শুরু করলো, 'তোকে কষ্ট করে আমার বাসায় বলে দিতে হবেরে জালাল। জানিস তো, মা'কে ভয়ে কিছু বলতে পারি না। বাবা জানলে তো চিবিয়ে খেয়ে নেবেন এক কামড়েই।'

জালালের জন্যে এ কোনো কঠিন বিষয় নয় হাসান জানে। বন্ধুমহলে সে সবাইকে নানান বুদ্ধিবৃত্তি দিয়ে প্রহার কিংবা বকাঝকা থেকে রক্ষা করে। জালাল অতি ধুরন্ধর আর চালাক বৈ কি। হাসান বোকাসোকা বলেই তাকে বেশ পছন্দ করে।

আশ্বাসের সুরে হাসানের কাধে হাত রেখে প্রায় চিৎকার করে জালাল বলে ওঠে,

'বন্ধু তুই ভাবিস না তো। এবারের দীর্ঘ ছুটি আমরা সমুদ্রে কাটাচ্ছি এতে কোনো বাঁধা আসবে না। তোর মা-বাবাকে আমি মন্ত্রপাঠ করিয়ে নিবো, এ তো আমার দু'মিনিট সময়ের ব্যাপার।'

হাসান স্বস্তির ঢোক গেলে। তারমানে সত্যিই তারা সেন্টমার্টিন যাচ্ছে। বিস্তৃত বালুচর আর বিপুল জলরাশির মাঝখানটায় বসে পূর্ণিমা রাতে গিটারে সুর উঠবে 'আমি তোমাকেই বলে দেবো...' দূর দূরান্তে মিশে যাবে সঞ্জীব চৌধুরীর গানের চরণেরা। এ আনন্দে এখনই বুক ধড়ফড় শুরু করছে হাসানের! স্বপ্নটা বাস্তব হবার পালা।

হাসানের বাসায় কোনো ঝামেলা হয়নি। মা'কে জালাল কেবল একবার বলেছে, সেমিস্টার ফাইনালে সবাইকে নিয়ে শিক্ষকরা বেড়াতে যেতে চায় খালা। এটা এসাইনমেন্টেরই অংশ। যে যাবে না সে নম্বর পাবে না। কিরে হাসান, তুই কি ফেল করতে চাস?' হাসানের দিকে মুখ ঘুরিয়ে জিজ্ঞেস করে। হাসান মাথা নিচু করে মায়ের সম্মতির অপেক্ষায় কিছু বলে না। চুপ করে থাকে। মা বললো,

'নম্বর কাটবে সে কী কথা। যেতে হলে তো যাবেই। তোমরা যেহেতু আছো সাহস রাখি। সাবধানে থেকো সবাই। খবর জানিও পরপর। হ্যাঁরে, ক'দিন থাকতে হবে?'

হাসানের প্রাণে পানি এলো। মা কত সহজেই রাজি হলেন! জালাল যাদু জানে বটে। মা'র প্রশ্নে জালাল মুখ খুলে উত্তর দেবার আগেই সে বলে উঠলো 'তিনদিন মা। তিনদিন থাকতে হবে বলেছে শিক্ষকরা।' আর কোনো সমস্যা হলো না।

২০০৩ সালের জানুয়ারির ১৯ তারিখ। না ঠান্ডা, না গরম। কী চমৎকার আবহাওয়া বাইরে। জালাল, হাসান, সুফিয়ান আর রাসেল দাঁড়িয়ে আছে টেকনাফের ট্রলার স্টেশনে। এখান থেকে ট্রলারে করে নাফ নদী পাড়ি দিয়ে পৌছুতে হবে সেন্টমার্টিন দ্বীপে। ট্রলার যাত্রীতে ভরতি হলে তবেই ছাড়বে। হাসানদের দল ওঠার পরেও এখনো তিনজন মানুষের সিট খালি। ট্রলার ড্রাইভার জোরে জোরে ডাকছে, সেন্টমার্টিন। সেন্টমার্টিন। আর মাত্র তিনজন লাগে। নীরব সমুদ্রের মাঝখানে এই অনিন্দ্য সুন্দর দ্বীপের খোঁজ এখনো সবরকম পর্যটক পায়নি। তাই কম মানুষ যাতায়াত করে। ট্রলার চালকদেরও যাত্রীর জন্যে অপেক্ষা করতে হয় ঘন্টার পর ঘন্টা। শেষে তিনজন যাত্রী মিললো। দুজন মহিলা একজন পুরুষ। ওই তো বাস থেকে নেমে এদিকেই আসছে। ঘাটে আসার অর্থ হলো তারাও সমুদ্র পথযাত্রী। ট্রলারের হেল্পার ছেলেটা নৌকার সাথে একটা কাঠের সিঁড়ি হেলান দিয়ে দিলো যেন উঠতে সুবিধে হয়। মহিলা

থাকাতেই এই আলাদা খাতির। বাকি পুরুষরা এক লাফ দিয়েই উঠে যেতে পেরেছে।

গিটারের তারে প্রথম আঙুল ছোঁয়ানোর পরই সামনে তাকাতে মেয়েটার চোখে চোখ পড়লো। মনে হলো যে গানটা একটু পরই সুর তুলে গাওয়ার কথা সেটা অচিরেই ভেতরে ভেতরে গাওয়া শুরু হয়েছে। 'দূর দ্বীপবাসিনী...' কী সাবলীল চেহারা তার। মায়া আর মায়া.. মাথাভর্তি কোঁকড়া চুল পিঠজুড়ে ছড়িয়ে আছে। মুখে কোন প্রসাধনী নেই। এই 'নেই' ব্যাপারটা যেন তাকে নিয়ে গেছে সৌন্দর্যের শিখরে। কপালের ডান কোণায় ছোট্ট ব্রণ। ব্রণেও মানুষকে এত সুন্দর লাগতে পারে? জোড়া ভ্রু এর মাঝখানে যেই কালো টিপটা, ফিরে যাওয়া নজরকে চুম্বক হয়ে টেনে রাখতে সে সক্ষম। পরনে হালকা বাদামি রঙা কামিজ। সুন্দরের বর্ণনা নিয়ে এখন হাসানের একটা বই লিখে ফেলতে ইচ্ছে করছে। ধুর ছাই, গিটারে তো আর আঙুল বসছে না। হাত কাঁপছে, না-কি হৃদয়ও?

'তোকে কত করে বললাম মেয়েটার সাথে কথা বল। ভয় কীরে? নাম জিজ্ঞেস করলেই তো হয়ে যায়। আমি করবো না-কি?'

জালাল কাছে এসে ফিসফিস করে কী সব বলে যাচ্ছে। কিচ্ছু মাথায় ঢুকছে না।

হাসান কেবল বিড়বিড় করে এক পলক উচ্চারণ করলো,

'তুই না, আমি কথা বলবো। আমাকে বলতেই হবে।'

ঠিক কতটা সাহস ভেতরে সঞ্চয় করলে একটা অচেনা মেয়ের সাথে কথা বলা যায় হাসান জানে না। যে মেয়েটা হৃদয়ে কাঁপন ধরিয়ে দিয়েছে বিনা চেষ্টায়, যে মেয়েটা অচেনা কিন্তু মুহূর্তেই গেড়ে বসেছে হাজার বছরের পরিচিত এক বাসস্থান, এক পরিচয়! যে মেয়েটাকে মনে হচ্ছে আপাদমস্তক এক খণ্ড প্রেম! যে প্রেমকে নির্দ্বিধায় 'ভালোবাসা'তে আখ্যায়িত করা যায়। কিভাবে কথা শুরু করবে হাসান? এই প্রশ্নের উত্তর বিরাজহীন।

সেন্টমার্টিন পৌছানোর পর ট্রলার থেকে নামতে তাকে জালাল সাহায্য করেছিলো। হাসানেরই বন্ধুর হাত ধরে নেমেছে মেয়েটা, অথচ বুক যেন এফোঁড় ওফোঁড় হয়ে গেলো সে দৃশ্যের সময়ে।

দ্বীপে কেটে গেলো দুইটা দিন। এই দুইটা দিন হাসান কাটালো স্বপ্নের মত।

অপরিচিতা সেই মানুষটাকে আর একবারের জন্যেও দেখেনি সে। তবু প্রতিটা সেকেন্ড কাটিয়েছে তাকে ভেবে। কে জানে কোন রিসোর্টে তারা উঠলো। হয়তো সে ভালোবাসে কাউকে। হয়তো কথা বলতে চাইলেই মুখ ফিরিয়ে নিতো। খুব সহজে মেয়ে মানুষ কারো সাথে কথা বলা তো দূর, ফিরেও তাকাতে চায় না। কেউ প্রশ্ন করলে হতচকিত হয়ে তাকায় যেন বোম পড়েছে দূরে কোথাও। হাসান এসব ভাবতে ভাবতে সময় কাটায়। অজ্ঞতায় যে প্রেম ঠিকানাহীন এসেছিলো, তা চলেও গেলো এমনিই। কী আর করা। জগতে প্রেম ভালোবাসার এইই তো নিয়ম, কেউ পেলে আমৃত্যু পাবে। আর কেউ কখনো জানাতেও পারবে না।

পরের একদিন জালালের বুদ্ধিতে তারা কক্সবাজার থাকলো। নামলো কলাতলী বীচ। সারারাত সমুদ্রের পাড়ে বসে গিটার বাজিয়ে ভোর করে দেবে। গানের সুরের সাথে সূক্ষ্মভাবে যোগ দেবে দুধ সাদা ঢেউয়ের কলতান। কাটলো ও সেভাবেই। যেমনটা তারা ভেবেছে।

ভোর চাইতে গিয়ে কখন যে সূর্য এসে কপাল ছুঁতে শুরু করলো কেউ টের পেলো না।

'এবার ওঠা যাক। ঝিনুক মার্কেট থেকে কিছু কেনাকাটা করা উচিত। ছোটবোন নয়তো রক্ষা করবে না।' সুফিয়ানের সাথে সবাই একমত হলো। কিছু কেনাকাটা তো করা দরকার। দুপুরের বাসেই ঢাকায় ফিরতে হবে।

ঝিনুক মার্কেট পৌছেই শুরু হলো দেদারসে কেনাকাটা। রাসেল এক গাদা আচার নিয়ে ব্যাগ ভর্তি করলো। সুফিয়ান বোনের জন্যে নিলো

কারুখচিত আয়না চিরুনি। জালাল শামুকের গয়না কিনলো দুটো। বলছে সপ্তম শ্রেণীর এক ছাত্রীকে পড়ায়, তাকে দেবে। হাসান কিছু পছন্দ করতে পারলো না। কী নেবে, কী নেয়া যায়। এক দুবার ঝিনুক লাগানো চুলের একটা কাটা ধরে দেখলো। আবার রেখে দিলো। জিনিসটা খুব সুন্দর। নিখুত করে বানানো। ফেলে যেতে মন চাইছে না। মা দেখলে তো বকবেনও। রেগে বলবেন, 'ঘুরতে গিয়ে কেন তোমাকে মেয়েদের জিনিস কিনতে হবে? কিসব ফালতু কাজ করে বসো আমি বুঝি না তো হাসান! বেয়াড়া হচ্ছো।' খুব রাগলে মা তুমি বলতে শুরু করেন।

কেনাকাটা শেষে সবাই বের হতে চললো। তখনই জালালের চোখে পড়লো ওই লোকের দিকে। ওই তো তিনজন একসাথে ঢুকছেন মার্কেটের দরজা দিয়েই। হাসানের যেন পৃথিবী উলটপালট হয়ে গেলো। চোখ বন্ধ হয়ে আসছে ঈশ্বরের প্রতি কৃতজ্ঞতায়! সে মনে মনে খুব চেয়েছে কোনো একদিন সে মেয়েটার সাথে তার আবার দেখা হোক। যে কোনো একদিন। হোক অনেক বছর পরে। হোক বিপরীত লাইনে পার হয়ে যাওয়া কোনো ট্রেনের সীটে। হোক ভরদুপুরের কোন এক জনসভায়। দেখা হবার পরে এমনও হতে পারে তার সাথে কথা বলার সুযোগ হলো না। তবুও সে চেয়েছে একটা বার দেখা হোক। কিন্তু তা এভাবে এত দ্রুত পূরণ হবে কে জানতো! হাসানের সমস্ত স্নায়ু এক হয়ে আসছে। জালাল, রাসেল সুফিয়ান এগিয়ে গিয়ে কথা বলছে তাদের সাথে। 'আপনাদের সাথে আবার দেখা হবে ভাবিনি। ভালো লাগলো। কেনাকাটা করবেন বুঝি?'

মেয়েটা এগিয়ে এসে জিজ্ঞেস করলো,

'আপনারা বুঝি কক্সবাজারেও থেকেছেন এক রাত? আমরা আজ ভোরেই নামলাম। যা জার্নি গেছে আজ। একটু পরে বাস ধরবো বাড়ির।'

হাসানের হুঁশ ফিরে এসেছে সে বিশ্বাস করতে পারছে না। অপরিচিত মেয়েটা এমন সহজ সরল বাক্যে কেমন চেনা চেনা হয়ে কথা বলছে। হৃদয় গলে একাকার হয়ে গেলো। ইচ্ছে করছে কিছু না বলতে, সে ই বলুক। বলতে থাকুক। হাসান শুধু শুনবে।

'আমরাও আজকের বাসে রওনা হব। আপনার সাথে দেখা হয়ে ভালো লাগলো। আমরা তো বেশ কাছের মানুষ হয়ে গেলাম।'

বিড়বিড় করে বললো কথাগুলো। অস্পষ্ট। পুরোপুরি শোনা গেলো না। মেয়েটা শুনতে পেয়েছে কি না কে জানে। আরেকটু কাছে এসে হাসানের নাম জানতে চাইলো। যেন কাছে না এসে বললে হাসান শুনবে না, এ কোনো ঝিনুক মার্কেট নয়। বড্ড ভিড় জমা কোনো সাংস্কৃতিক অনুষ্ঠান। এখানে কারো সাথে কথা বলতে হলে কাছে এসে কানের পাশে দাঁড়িয়ে কথা বলতে হয়।

'হাসান, আমার নাম হাসান। আপনার?'

'আমি নিলা রায়।'

হাসান শুনলো 'মিলা রায়'। দুজন দুজনের নাম জানলো। হাসান কী মনে করে যেন এক আকাশ সাহস যুগিয়ে মোবাইল নম্বরটা লিখে দিলো একটা ছোট্ট কাগজে। কাগজ কী, মাটি থেকে সানমুন সিগারেটের প্যাকেট কুড়িয়ে নেয়া আর আচার দোকানদারের কাছ থেকে নেয়া কলমে সে ভালোবাসার এক ছোট্ট খসড়া লিখে হাতে দিলো মেয়েটার। বিদায়ের সময় হাসান ডাকলো,

'শুনুন। একটা কথা ছিলো।'

'জি, বলুন না।'

পকেট থেকে একটা বাদামী রঙা প্যাকেট বের হলো। সেটা বাড়িয়ে দিতে দিতে বললো,

'এটা রাখুন। পছন্দ হবে নিশ্চয়ই। কখনো ভালো লাগলে পরে দেখবেন।'

হাত বাড়িয়ে নিতে নিতে মুচকি হেসে ধন্যবাদ বলে সে চলে গেলো। একটা মুচকি হাসি এতটা আকর্ষিত হয়ে যেতে পারে। হাসিটা গোগ্রাসে গিলে নিচ্ছে গোটা মন। তারপর চলে গেলো এক সপ্তাহ। দু'সপ্তাহ। এক

মাস। ততদিনে হাসান আশা ছেড়ে দিয়েছিলো। মিলা রায় কখনো হয়তো তাকে ফোন করবে না। সে কি এমন ছাই, কেনই বা তাকে অত দূরের একটি মেয়ে বিল উঠিয়ে কল করতে যাবে। ভালবাসতে যাবে। চাইলেই তো সব মেলে না। কই, চাঁদ তো সবাই চায়। পায় তো না। থাক, বরং আশা ছেড়ে দিয়ে ভুলে থাকাই ভালো। যে ভালোবাসা হৃদয়ের মিউজিয়ামে আজীবন যত্নে থাক, হাসান না হয় মনে মনে সেই ভালোবাসা পুষছে।

কিন্তু এমন হলো না। একদিন এক অপ্রত্যাশিত ফোন এলো। অদূর দূরের এক মফস্বল শহর থেকে মিলা রায় নামে একজন হাসানকে চাইলো ফোন করে। হাসান প্রার্থনা করেছিলো ঠিক, যেন মিলা রায় একদিন ফোন করে। শুধু মন ভরে একটা বিকেল কথা হবে তাদের। তারপর না হয় আর কোনোদিন না হোক। কে জানে, বিয়ে ঠিক হয়ে আছে হয়তো তার। কিংবা কেউ হয়তো আগে থেকেই তার হৃদয় মন্দিরে আসন গেড়ে বসে আছে। এসব ভাবতো হাসান। আর আশাহত হয়ে চিনচিনে ব্যথা অনুভব করতো ভেতরটায়। পরক্ষণে আরেকবার ভাবতো- মিলা রায়ের কল আসবে। চোখ থেকে দৃষ্টিতে তুলে নেয়া সেই প্রেমকে প্রতিহত করতে পারে এমনটা কখনো সম্ভব না। তারপর তো সেই-ই হলো, 'কেমন আছেন আপনি? আমি মিলা রায় বলছি।' এই লাইনের পর শুরু হলো হাসানের অন্য পৃথিবীর যাত্রা।

টিফিনের টাকা বাঁচিয়ে দোকান থেকে মিনিট হিসেব করে কথা বলতে থাকলো ওপাশের মিলা রায়। আর অব্যক্ত যত ভালোবাসা, ধুকপুকানি আর অস্থিরতা ছিলো হাসান সব জানিয়ে দিলো মাপা অতটুকু সময়ে যেটুকু দোকানে কিনতে পাওয়া যাচ্ছিলো মিলা রায়ের টিফিনের টাকায়।

তুমুল প্রেমের এক বড়সড় উপাখ্যান রচিত হলো হাসানদের। জালাল শুধু মধ্যস্থকারী হয়ে তাকে সাহায্য করেছে। ফোনে রিচার্জ দরকার কিন্তু বের হতে পারছে না, জালাল টাকা পাঠিয়ে দিলো। মিলা রায়ের জন্মদিনের উপহার পাঠাতে হবে কুরিয়ার পার্সেলে। জালাল সহ

সারা নিউমার্কেট তন্নতন্ন করে খোঁজা হলো জগতের সবচেয়ে সুন্দর উপহারটা, যা শুধু মিলা রায় পাবার যোগ্যতা রাখে। এমনও অনেক সময় গেছে, রাত জেগে মা কথা বলতে নিষেধ করেছেন বলে রাত ১১ টায় ফোন বন্ধ করে মার হাতে জমা দিতে হয় হাসানকে। ওদিকে মিলা রায় হাসানের জন্যে কী বার্তা জালালের মাধ্যমে পাঠালো তা জানাতে জালাল হাসানের মা'র নম্বরে ফোন করে জরুরী কণ্ঠে বলে,

'হাসান কোচিং থেকে ভুল করে আমার পরিসংখ্যান নোটটা নিয়ে গেছে, ওখান থেকে একটা অঙ্ক এক্ষুনি করতে হবে। আন্টি একটু কথা বলি হাসানের সাথে?'

তড়িঘড়ি করে হাসানের রুমে গিয়ে মা ফোন হাতে দেয়,

'জালালের জরুরি কথা আছে। কথা শেষ করে ফোন আবার জমা যেন রেখে যাস।'

হাসানের জন্যে এটুকু উপকার অনেক বেশি মূল্যবান। মিলা রায়ের সাথে সম্পর্ক তৈরীতে জালাল অনেক অবদান রেখেছে। 'মেয়েটার দিকে তাকা না, দেখলি কী সুন্দর হাসে?' এমন কথাগুলো বোধহয় ভেতরে কোথাও গিয়ে জমা হয়ে থেকে গিয়েছিলো। নয়তো কেন প্রথম দেখায় হাসানের অমনটা হয়েছিলো। উথাল পাতাল কল্লোলে ভেসে যাচ্ছিলো ওই একবারের তাকানোতেই। আগেওতো কত মেয়ে সে দেখেছে পরিচিত-অপরিচিত। কথা না হোক, কিন্তু কখনো তো কাউকে দেখে ভেতরটা ওরকম মোচড় দেয়নি। এ নিশ্চয়ই প্রেম। নিশ্চয়ই। জালালকে ধন্যবাদ দেয় মন ভরে।

মিলা রায়ের ধর্ম, হাসানের দূরত্ব কোনো কিছুই যেন কোনোদিন বাঁধা হয়নি। তারা ভীষণ ভালো ছিলো। হাসান কোলে গিটার রেখে তার উপর হাত ভর করে তালু কচলাতে কচলাতে তাদের প্রেমের গল্প করে। মুখোমুখি বসে থাকা তিনজন মুগ্ধ শ্রোতা অবাক তাকিয়ে গল্প শুনে যায়। কখনো কখনো খেয়াল করে তাকালেই দেখতে পায় হাসানের চোখে

টলটল করছে পানি, মিলা রায় কী করে নিজের টাকায় ফোন কিনলো সে কথা বলতে যেয়ে এই বুঝি টপ করে দু'ফোটা পানি গিটারে পড়ে শব্দ করলো। জালাল, সুফিয়ান আর রাসেল অনুভব করতে পারে, টুপ করে ঝরে যাওয়া এই জলের পবিত্রতা। কত গভীর এই ভালোবাসার মর্মার্থ। শত প্রার্থনায় চেয়েও কত হৃদয় অভুক্ত থাকে ভালোবাসার। হাসান তো তবু ভাগ্যবান।

মোবাইল কেনার গল্প শুনতে শুনতে সবার মুখস্থ হয়ে গেছে। তবু হাসান সুযোগ বের করে হঠাৎ কোনো বিকেলে জোর করে বসিয়ে একই গল্পের পুনঃপ্রকাশ করতে থাকে।

'আমি একদিন কেবল বলেছিলাম ওকে, তুমি কেন রোজ রোজ দোকান থেকে ফোন করো? আমার ভালো লাগে না ছাই। যখন খুব ইচ্ছে করে কথা বলতে, তখন কথা বলতে না পারলে মনে খুব অসুখ করে তো।'

'এত ভালোবাসো বুঝি?'

'তা নয়তো কী? রোজ রোজ ওই তিনটের সময়ের অপেক্ষা করতে ভালো লাগে? ঘড়ির কাটাও আমাকে চিনে রেখেছে।'

'চলে এলেই তো পারো। নিয়ে যাও। আমার বুঝি খুব দেখতে ইচ্ছে করে না?'

'টাকা জমাচ্ছি। ব্যাগ গুছিয়ে রেখো। কাশফুলের এক বিশাল তোড়া নিয়ে শরৎকালের ঘোর সন্ধ্যায় হাজির হব।'

'সত্যি আসবে?'

'বুকের কাঁপনটা তুমি শুনতে পাও না?'

'বাদামী রঙা প্যাকেটের ওই চুলের কাঁটা-টা পরবো সেদিন? আচ্ছা?'

'ওখানে আমার স্পর্শ আছে। তোমার কাছে থাকতে চাওয়ার আকুতি আছে। তুমি বোঝো তো, না?'

'অত বুঝে আমার কাজ নেই। রাখছি ফোন। সময় শেষ। কাল কথা হবে।'

পরপর পনেরোদিন আর ফোন আসে না। সারাদিন ফোন হাতে রেখে বসে বসে থাকে হাসান। বিকেল গড়ায়। সন্ধ্যা আসে। রাত শেষ হয়। ভোর ও আসে, জানলার কাছে বসে অপেক্ষায় থাকে কখন গম্ভীর গর্জনে ফোনে রিং টোন বাজবে। হাসান রিসিভ করেই ধরা গলায় বলবে, 'বরং মেরে ফেলো না আমাকে। সেই-ই তো ভালো। কেন পোড়াও এমন?'

ওপাশ থেকে কয়েক মুহূর্ত কোন শব্দ আসে না। নিঃশ্বাসের একটা চাপা আওয়াজ শুধু কানে আসে। তারপর আসে লাইনটা, 'তুমি যে এতটা আমাকে চাও, আমি এই শক্তির কাছেই নত থাকি। হার মানি। যেন এক বদ্ধ পাগলের প্রেমে পড়েছি আমি।' হাসান খুশি হয়ে যায়। বুকের ভেতরে উদ্দাম এক ঢেউ খেলে যেতে থাকে।

দিগন্তজুড়ে বিস্তৃত সেই সুখের ঢেউ। অন্তহীন। অশেষ।

কৈফিয়ত চায় হাসান। 'কেন অতদিন দূরে ছিলে? একটুও মনে পড়েনি? ভেবেছি চলেই গেছো। জানালায় স্পর্শে ক্ষয়ে যাওয়া লোহারাও জেনে গেছে অপেক্ষায় ছিলাম তোমার।'

'তোমাকে পুড়িয়ে দেখতে ইচ্ছে করলো। দগ্ধ হয়ে ভালোবাসলে আঁচ কতটা পাওয়া যায় দেখলাম।'

'আর দেখতে যেও না যেন। ছাই হয়ে গেলে সারিয়ে তুলতে পারবে না।' এখন প্রতিদিন মিলা রায় নিজের ফোনে কথা বলছে। পনেরোদিন দোকান থেকে কথা না বলে টিফিনের টাকার সাথে নুপূর জোড়া বেচে যে টাকা হয়েছে তাতে একটা মোবাইল ফোন কেনা গেছে। প্রতিদিন একটা সময়ে দোকানে যেয়ে মাপা কথা বলা লাগবে না আর। যখন ইচ্ছা

কথা বলা যাবে। হাসান আর কষ্ট পাবে না, ছটফট করবে না সময়ে অসময়ে কণ্ঠ শোনার ইচ্ছের কারণে।

এই সুন্দর ঘটনা শুনে হাসান ঠিক থাকতে পারলো না। ফোনের ওপাশ থেকে বোঝা গেলো সে কাঁদছে। এই কান্নায় কোন দুঃখ নেই। অপ্রাপ্তি নেই। সুখের কান্নায় কখনো কোনো দুঃখ জায়গা নিতে পারে না।

জালাল এই গল্প শুনতে শুনতে গ্রিল ধরে বাইরের আকাশে তাকিয়ে থাকে। মিলা রায়ের টিফিন জমানো টাকায় ফোন কেনা গল্পের প্রতিটা শব্দ তার মুখস্থ হওয়া। নতুন করে শোনার কিছু নেই। সুফিয়ান চানাচুর চিবোতে থাকে এক মনে। রাসেল-ই কেবল গল্পের মাঝখানে এক আধটা প্রশ্ন করে করে হাসানের বলার আগ্রহ আরও বাড়াতে থাকে। প্রেমে পড়লে মানুষ কি উন্মাদ হয়? হাসানের বন্ধুরা তাই-ই ভাবে হাসানকে নিয়ে।

বছর চারেক এভাবে চলছিলো।

তারপর সব শেষ হলো। জ্বলন্ত প্রদীপের আগুন যেমন এক জোরালো ফুঁ তে দপ করে নিতে যায়, প্রখর সূর্যের সামনে এক খণ্ড ভারী মেঘ এসে যেমন এক মুহূর্তে নামায় অন্ধকার। হাসানের গল্পও শেষ হলো। এভাবেই একদিন। দপ করে।

মিলা রায়কে বাসা থেকে বিয়ের চাপ দেয়া হচ্ছে শুনে হাসান ঠিক করলো এবার আর এক না হয়ে পথ নেই। জালাল সাহস দিলো, 'তোকে বুক বড় করতে হবে হাসান। তুই গেলেই মিলা রায় চলে আসবে। ভয় করবি না যেন। একদম না।'

সত্যি তো। ভয় কী? পরিবার না মানুক, স্বাক্ষী থাকা হৃদয়ের প্রতিটা কাঁপন শুধু জানুক তারা এক হতে চায়। এক মধ্যদুপুরে ঢাকা থেকে জামালপুরের ট্রেনে চড়ে বসলো। সব অপেক্ষার অবসান ঘটিয়ে এবার এই এক নতুন উপাখ্যান হোক লেখা। রেণুতে জমতে থাকা সব স্বপ্নেরা ডালপালা মেলতে শুরু করুক। সত্যি হবে সব।

পরদিন হাসপাতালে পাওয়া গেলো আহত হাসানকে। মা বাবা এবং বন্ধুরা ছুটে এলো। জামালপুরগামী ট্রেন মাঝপথে বিপরীতমুখী ট্রেনের সংঘর্ষে শতাধিক যাত্রী প্রাণ হারিয়েছে, কেউ আহত হয়েছে গুরুতর। হাসান আহতদের দলে।

হাসানকে ডাক্তার জানালো তার ব্যাকবোন ফ্রাকচার হওয়ায় সে কখনো হাঁটতে পারবে না। হাঁটতে না পারার অর্থ হলো প্যারালাইজড হয়ে বাকিজীবন তাঁকে বাঁচতে হবে একটি চেয়ারে।

এই কঠিন সত্য মিলা রায়কে জানানো গেলো না। সংকোচ, লজ্জা আর হীনমন্যতা থেকে সে সব যোগাযোগ বন্ধ করে দিলো মিলা রায়ের সাথে। কী লাভ? এও তো কোনো বেঁচে থাকা নয়।

কে জানে, চুলের ওই কাটা আর খাদি কাপড়ের এক কুর্তি পরে বুক ভর্তি ভয় আর আশ্বাস নিয়ে হয়তো মিলা রায় ট্রেন স্টেশনে অপেক্ষা করেছে। অপেক্ষা যখন ফিকে হলো। সকাল হলো, কাঁদতে কাঁদতে চোখ ফুললো। তখন বাড়ি ফিরে যেতে হলো।

ফোনের ওপাশের নিঃশ্বাসের শব্দ তো কান পাতলেই শুনতে পেতো মিলা রায়। কিন্তু স্টেশনে বসে হাসপাতালের এম্বুলেন্সের শব্দ তো কানে এলো না। গল্পটা শেষ করে দিলো হাসান, নিজেকে ট্যাগ দিলো 'প্রতারক' এর। অন্তত না জেনে তো মিলা রায় তাকে এই-ই ভেবেছে।

এক ভরা পূর্ণিমা রাতে মিলা রায়ের বিয়ে হয়ে গেলো। সহজ, স্বাভাবিক এবং সুন্দরভাবে। একজন সুদর্শন হিন্দু যুবক ঘোমটা তুলে তাকে সিঁদুর পরালো। সেদিন ওই পূর্ণিমার আলোর আড়ালে কি মিলা রায় হাসানকে লুকিয়ে রাখতে পেরেছিলো? সিঁদুর ঠিকরে বেরিয়ে আসতে চেয়েছিলো চাপা কান্না! এই কান্না আর কখনো কেউ দেখবে না। এর দহন এখানে শেষ।

দেখা হবার পরে চোখ শাসিয়ে 'আমার নাম কিন্তু মিলা নয়, নীলা। তুমি ভুল শব্দ শুনে এতটা বছর আমাকে ওই ভুল নামে ভালোবেসেছো।' কথাটা আর বলা হলো না। তবু নীলা একদিন মধ্য রাতে কাঁদবে, কিংবা

হাসান এক এক করে বুকে আরও পাথর জমাতে জমাতে মনে করবে ফেলে আসা অনুপম একটি দিনের কথা!

ভুল ভালোবাসা

গ্রাম থেকে আসার সময় বাবা কিছু শার্ট আর প্যান্ট কিনে দিয়েছিলেন। সাথে খরচের অল্প টাকা। কোচিং করে বাসায় ফেরার ভাড়া হিসেবে সে টাকা খরচ করতাম। বন্ধুরা ক্লাসের পর আড্ডা দিচ্ছে, চা খাচ্ছে। আমি চুপচাপ মেসে চলে যেতাম। ওরা সব বড়লোকের সন্তান। নতুন নতুন জিন্স, জুতা শার্ট পরে প্রতিদিন ক্লাসে আসে। যেন দেশের বাইরে বেড়াতে এসেছে। আমি ভাবি- এরা ভার্সিটি কোচিংয়ে এমন সাজগোজ করে আসে। কোথাও চান্স পেলে তো শেরোয়ানি পরা ছাড়া ক্যাম্পাসেই ঢুকবে না।

মাঝে মাঝে নিজেকে খুব ছোট মনে হয়। ঠিক ছোট না, বড়লোক বন্ধুদের চেয়ে নিজেকে আলাদা সমাজের মনে হয়। এদের জীবনই যেন অন্যরকম। এরা শহরের সবকিছু চেনে। ইচ্ছে হলেই যেখানে ইচ্ছে ঘুরতে চলে যায়। ইচ্ছে হলেই নামিদামি রেস্টুরেন্টে পার্টি করে। কদিন ধরে সিগারেট খাওয়া ধরেছে দেখলাম। কলেজ জীবনে বন্দীদশার জন্যে সিগারেট ছুঁতে পারেনি। এই বয়সটাই সিগারেট খাওয়া শেখার উপযুক্ত সময়। ছুটির পর ফার্মগেটের আনন্দ সিনেমা হলের সামনে তারা সিগারেট আড্ডা জমিয়েছে। ক্লাস থেকে বের হতে হতে সন্ধ্যা হয়ে যায়। সন্ধ্যার সময়টাতে ব্যস্ত মানুষের ভিড় বেড়ে যায়। কারো বাড়ি ফেরার তাড়া। কারো কাজের শেষে চা সিগারেট খেয়ে শরীর চাঙা করার তাড়া। তাই সন্ধ্যায় চায়ের সব দোকান ভিড় হয়ে থাকে। আমি স্যান্ডেল দেখতে দেখতে এগুচ্ছি। বাটার দোকানটার সামনে সারাবছরই কোনো না কোনো ছাড় দেয়া কিছু জুতার স্তূপ থাকে। আজও আছে। বাবাকে এ মাসে কিছু টাকা বেশি দিতে বললে ভালো হতো। পরনের জুতাটা নষ্ট হবার পথে। কখনো কখনো ভালো জিনিস পড়ার লোভ সামলে উঠতে কষ্ট হয়। বাবাকে বলা যাবে না। বাবা কৃষক মানুষ। সংসারের অতি টানাটানির মধ্যেও আমাকে ঢাকার একটি ভালো কোচিংয়ে পড়াচ্ছেন। কোথাও যেন চান্স পাই ভালোমানুষ হয়ে যেন গড়ে উঠি।

আজাদ আমাকে আসতে দেখে জোরে ডাক দিলো। আমি কখনো তাদের আড্ডায় থাকি না। আমার অত ভালো জামাকাপড় নেই, জুতা নেই। গায়ে সুগন্ধি মাখি না। ওদের আড্ডার সাথে আমাকে মানাবে না বলে আমি দূরে দূরে থাকি। বাড়তি খরচ করে চা বা সিগারেট খাবার টাকা আমার থাকে না। নিজের রোজগার হবার আগ পর্যন্ত কখনো থাকবেও না। আমি আমার এই সমস্যা কাউকে বোঝাতে পারবো না। কাজেই আড়ালে থাকা শ্রেয়।

'অ্যাই অনিইইক! চা খেতে হবে না এদিকে আয়। কথা আছে তোর সাথে।

জলদি আয়।'

আজাদের জোর গলায় ডাকা আমাকে বাধ্য করলো যেতে। চার পাঁচজন গোল হয়ে দাঁড়িয়ে আছে। কারো হাতে চায়ের কাপ, কারো সিগারেট। হাসতে হাসতে একজন আরেকজনকে প্রায় জড়িয়ে ধরছে। জীবন এতই সুন্দর? আমার কাছে কেন মনে হয়না জীবন সুন্দর? আমার প্রায়ই মনে হয় জীবনটা আমাদের কৃষক পরিবারের মত। নানান হতাশা, দুঃখ আর অভাবে জর্জরিত।

আমি একপাশে গিয়ে দাঁড়ালাম। আজাদ আমার কাঁধে হাত রেখে সবার সাথে পরিচয় করালো। যারা দাঁড়িয়ে আছে প্রায় সবাইকেই আমি চিনি। তবু নিয়ম রক্ষার্থে পরিচয় করানো। প্রথমে সবাইকে চিনি মনে হচ্ছিলো। পরে দেখলাম দুএকজন অচেনা।

'এই যে দেখ, এর নাম তন্বী। আজ আমাদের কোচিংয়ে ভর্তি হয়েছে। কাল থেকে ক্লাস করবে। তোর সাথে পরিচয় করাবার জন্যেই তোকে ডাকা।'

আমি তন্বীর দিকে তাকিয়ে মুচকি হাসি দিয়ে মাথা নিচু করলাম। এর অর্থ হলো-'হাই তন্বী! তোমার সাথে পরিচিত হয়ে ভালো লাগলো।' তন্বীও হাসলো। অর্থাৎ পরিচয়ের প্রাথমিক পর্ব শেষ।

'তুই ব্যাটা একটা অসামাজিক ছেলে। আমাদের সাথে আড্ডা দিতে আসিস না দেখে বাধ্য হলাম বলতে। সমস্যা কী তোর? অসামাজিক হয় গরু ছাগলেরা। তুইতো মানুষ। মানুষ না? নে সিগারেট হাতে নে।'

'আমি সিগারেট খাই না তো আজাদ। হাতে নিতে পারবো না। ধরতে জানি না। আগুন ভয় লাগে।'

আমার কথা শুনে সবাই হোহো করে হেসে উঠলো। যেন খুব অদ্ভুত কথা বলে ফেলেছি। অবশ্য অদ্ভুতই বটে। সিগারেট হাতে নিলে আগুনকে ভয় পাওয়াটা কোনো ছেলের খাটে না। তন্বী এক গাল হাসি মুখে নিয়ে বলছে 'আরে নাও না সিগারেট। আজই খাও। একটা খেলে কিচ্ছু হয় না।'

ততক্ষণে খেয়াল করলাম তন্বীর হাতেও সিগারেট। কী অনায়াসে সে সিগারেটে একের পর এক ফুঁ দিচ্ছে। আমার আশ্চর্য লাগলো! মেয়েটা সুন্দর দেখতে। গল্প উপন্যাসে লেখকরা যেই সুন্দরী নায়িকার কথা লেখেন, তন্বী তাদের মত সুন্দর। ঠিক পরীর কাছাকাছি। একটা টকটকে লাল জামা পরেছে। খোলা চুল। মেয়েটার চুল দেখে যে কেউ মুগ্ধ হবে। বইতে কেশবতীর গল্প পড়েছি ছোটবেলায়। তন্বীর চুল কেশবতীর মত লম্বা আর সুন্দর! আমি খুঁটিয়ে খুঁটিয়ে তাকে দেখছি। ততক্ষণে হাতে সিগারেট চলে এসেছে। ওরা সবাই ধমক দিতে দিতে বলে যাচ্ছে 'ব্যাটা হা করে কী দেখিস। দে টান। কিরে, সিগারেট জ্বলে যাচ্ছে তো। টান দে না।'

আমি সিগারেটের ব্যাপার ভুলে গিয়ে অন্য জিনিস ভাবছি। মেয়েটা এত রূপবতী, এত সুন্দর করে কথা বলছে, কেমন কাজল টানা চোখে মায়া নিয়ে তাকাচ্ছে। এই মেয়েটা কেন সিগারেট খায়? আমার এই প্রশ্ন অহেতুক। এর কোন উত্তর হয় না। মানুষ সিগারেট কেন খায় এর কোন সঠিক ব্যাখ্যা কি আদৌ আছে?

আমার কোন কাছের বন্ধু ছিলো না কোচিংয়ে। আমি নিজ থেকেই কারো সাথে মিশতে চাইতাম না। তন্বী আসার পর ঘটনা উল্টা ঘটলো। আমাকে প্রতিদিন তার সাথেই বসতে হলো। পড়া না বুঝলেই বই খাতা নিয়ে আমার পাশে চলে আসে।

পাশে কেউ বসলে তাকে সরিয়ে দেয়। তিনমাসে আমাদের চমৎকার বন্ধুত্ব হয়ে গেলো। দু'জনই খুব ভালো করে পড়ছি। কোন বিশ্ববিদ্যালয়ে টেকার জন্য কিভাবে পড়তে হবে তার রুটিন করছি। তন্বী আমাকে বিভিন্ন জায়গায় বেড়াতে নিতে নিতে আমি বেশ কিছু এলাকা চিনে গেলাম। তাকে ভালো লাগতে শুরু করলো।

একসাথে ভর্তি পরীক্ষা দিয়েছি। সৃষ্টিকর্তা বোধহয় চাইতেন আমরা একসাথে একই ফ্যাকাল্টিতে পড়ি। দুজনেরই ঢাকা বিশ্ববিদ্যালয়ে এক বিভাগে চান্স হয়ে গেলো। ততদিনে আমি শহুরে যুবক। শহর চিনি। তিন চার বাসায় টিউশনি করাই। বাবাকে কিছু টাকাও পাঠাতে পারি, নিজে চলতে পারি। জীবনকে সুন্দর ভাবতে শুরু করেছি। বন্ধু আজাদ কোথাও টেকেনি। বাকিদের খবর জানা হয়নি আর।

তন্বী কয়েকজন বান্ধবীসহ একটি ভাড়া বাসায় থাকে। দু'টো টিউশনি করে নিজের খরচ বহন করে। তিন সেমিস্টার শেষ করেছি। ততদিনে তন্বীর প্রতি বন্ধুত্বসুলভ ভালো লাগা ডালপালা গজিয়ে 'ভালোবাসা' হতে শুরু করেছে। দিন দিন মনে হতে থাকলো, তন্বীকে আমি ভালোবেসে ফেলেছি এই সত্যে কোন খাঁদ নেই।

আমি দিন দিন অস্থির হতে থাকলাম। তন্বীর সাথে দেখা হলে আগে স্বাভাবিক কথা বলতাম। হাসিখুশি থাকতাম। আড্ডায় মেতে থাকতাম। এখন দেখা হলে ইচ্ছে করে দৌড়ে কোথাও পালিয়ে যাই। কিংবা হাত ধরে ভালোলাগাটা কিভাবে ভালোবাসা হলো তার গল্পটা বলে ফেলি। অথবা চিঠি লিখি-

প্রিয়তমেষু,

নিজেকে খুব বোকা বোকা ফিল হচ্ছে কদিন ধরে। অবশ্য চালাকও কখনো মনে হয়েছে কিনা মনে পড়ে না। বোকা মনে হবার কারণটা তুমি। অন্ধকার ঘরে হঠাৎ আলো নিভিয়ে দিলে কিছুক্ষণ পর লুকিয়ে থাকা আলোরা স্পষ্ট হতে থাকে। তন্বী, তুমি আমার জীবনে লুকিয়ে থাকা আলো। তোমাকে সবসময়ের জন্য কাছে পাবার আকুতি থেকে এই চিঠি লেখা। তুমি কি আমার আকুতি রাখবে? কিংবা আমি যে ভালোবেসে ফেলেছি তা বিশ্বাস করবে?

ইতি

অনিক

উহু। চিঠি লেখা যাবে না। এত কঠিন হলো কেন চিঠির ভাষা? প্রশ্ন করলে বিপদে পড়ে যাবো। তাছাড়া মেয়েটা সাহিত্য, কবিতা, চিঠি ফিঠি পছন্দও করে না। সরাসরি বলতে পারলে ভালো হতো। কিন্তু তা হচ্ছে না। তন্বীর সাথে দেখা হলেই কেমন ঘামতে থাকি। ও হাত ধরে হাঁটলে হৃদপিণ্ড কাঁপা শুরু হয়। আগে কখনো এমন হয়নি। আমি স্পষ্ট টের পাচ্ছি আমার অসুখ হয়েছে। অসুখের নাম 'ভালোবাসা'। কিন্তু এই অসুখের কথা তন্বীকে জানাবার সাহস হচ্ছিলো না। সাহস হবার কথাও না। কখনো প্রেমে পড়িনি, কাউকে ভালোবাসা বাসিতে যাইনি, হৃদয়ে এত বাধ ভাঙা আবেগ ভর করেনি। সাহস না থাকারই কথা।

তন্বীর নতুন বন্ধু বাড়তে থাকলো। এক্সামে আমি কম নম্বার পাই। আমার চেয়ে তন্বী ভালো নম্বর পায়। পড়াশোনায় আগের মত ভালো আছে। বরং আগের চেয়ে বেশি ভালো হচ্ছে। আমি পড়াশোনায় দিনদিন খারাপ হচ্ছি। তন্বী আগে ক্লাসে আমার সাথে ছাড়া বসতো না। কিছুদিন

ধরে অন্যদের সাথে বসছে। যারা পড়াশোনা ভালো করে তাদের সাথে মেশা শুরু করছে।

আমার জ্বালাপোড়া শুরু হলো। মেয়েটা আমার কাছ থেকে দূরে যাচ্ছে এটা মনে পড়লেই মাথা ওলটপালট হয়ে যায়। সিদ্ধান্তে আসলাম যে করেই হোক আমার ব্যাপারটা তাকে বলে দিবো। ভেতরে রেখে ধুকে বাঁচার চেয়ে বলে ফেলে কষ্টে বাঁচা ভালো।

সেদিন কোথা থেকে এত সাহস আসলো জানি না। হড়বড় করে সব বলে দিলাম।

ভালোবাসি বলে দিলাম। কেন, কবে থেকে, কিভাবে ভালোবাসলাম তারও ব্যাখ্যা দিয়ে দিলাম। কেশবতী শুধু শুনে গেলো। অবাক হলো না, কোন প্রশ্ন করলো না। চুপচাপ থাকলো। নীরবতা সম্মতির লক্ষণ হিসেবে আমি কি ধরে নেবো তন্বীও আমার প্রতি ভালোলাগা লালন করেছে? নাকি এই নীরবতা হচ্ছে 'না' সংকেতস্বরুপ? আমাকে কিছুই আর বুঝতে না দিয়ে সে চলে গেলো।

পরের দুদিন ক্যাম্পাসে আসলো না। আমি নিজেকে দোষী ভাবতে শুরু করলাম।

ভালোবাসি না বলাই বোধহয় ভালো ছিলো। তাকে সারাক্ষণ দেখতে পারা, কাছে পাওয়াটাও তো কত বড় ব্যাপার! তন্বীর অনুপস্থিতি আমাকে তীব্র যন্ত্রণা দিতে থাকলো। কোনোভাবেই যোগাযোগ করতে পারছিলাম না। এতে অস্থিরতা আরও বেড়ে যাচ্ছিলো।

দু'দিন পর আমার যন্ত্রণার অবসান ঘটলো। তন্বী ক্যাম্পাসে আসলো। আমি কি বলে কথা শুরু করবো ওর সাথে? চোখে মুখে দিশেহারা ভাব নিয়ে তার সামনে গিয়ে বললাম 'কেমন আছিস তন্বী?'

আজ ওকে প্রেম নিবেদন করছি না। ভালোবাসা বাসি নিয়েও কোন আবেদন করছি না। তবু সে চুপকরে দাঁড়িয়ে থাকলো। হঠাৎ একটা খাম

হাতে দিয়ে প্রায় দৌড়ে চলে যেতে শুরু করলো। আমি খামে কী আছে খুলে দেখার আগে ওকে আটকালাম।

ও শুধু বললো, 'চিঠিটা পড়ো আগে। তারপর বিবেচনা করো কী করবে।' 'চিঠি পড়বো। তুমি সাথে থাকো। তোমার সামনে পড়বো। যেতে চাচ্ছো কেন? কী এমন লেখা চিঠিতে?'

'যা লেখা তা আমার সামনে পড়ো চাই না বলেই চলে যাচ্ছিলাম। ঠিক আছে, আমি বসলাম। আমার সামনেই পড়ো। উত্তর বাকি না থাকুক, এখনই নিয়ে যাই। আমাদের হয়তো আর দেখা হবে না আজকের পর।'

মানুষকে হতভম্ব করার স্বভাব তন্বীর ছিলো। আজও আছে। এমনভাবে বললো যেন সত্যি সত্যি মারাত্মক কিছু লিখে এনেছে, যার কারণে আর কখনো দেখা হবে না আমাদের। আমি মুচকি হেসে তার কথাটা উড়িয়ে দিয়ে চিঠি খুললাম-

অনিক,

তুমি আমার প্রেমে পড়েছো এই কথা জানার পর আমার স্বভাবতই অবাক হবার কথা। কিন্তু আমি হলাম না। কারণ শুরু থেকেই তোমার প্রতিও আমার একটা টান কাজ করছিলো। আমি কখনো তোমাকে জানাতে পারিনি তোমাকে আমার ভালো লাগে। তুমি যেদিন জানালে, আমি আনন্দে ইচ্ছে করেছে তোমাকে জড়িয়ে ধরি। ধরতে পারিনি। নিয়তি আমার ভাগ্যে একটি করুণ অধ্যায় রেখেছে অনিক। যে অধ্যায় আমাকে প্রতি কদমে ভোগাচ্ছে। তোমার পবিত্র ভালোবাসা মন থেকে বুঝতে পেরেছি বলেই এই চিঠিতে সব লিখে এনেছি। ঢাকায় আসার পর আমি অন্যজগতের তন্বী হয়েছি। এখানের কেউ জানে না বিগত জগতের তন্বী কেমন ছিলো।

অনিক, আমার জীবনে একটি দুর্ঘটনা আছে। ক্লাস নাইনে থাকাকালীন অতি আবেগের বশে আমি একটি ছেলেকে ভালোবেসে ফেলি। আমার তখন নিতান্তই কম বয়স। কম বয়সে আবেগরাও কম বয়সী হয়। সেই কম বয়সী আবেগের জোরে আমি সেই ছেলের সাথে পালিয়ে যাই। আমরা পালিয়ে বিয়ে করি। ছেলেটার পরিবার আমাকে সহজে মেনে নিলেও আমার মা বাবা ততদিনে আমাকে ত্যাজ্য কন্যা করে দিয়েছে। বছরখানেক পর আমাদের একটি ছেলে সন্তান হয়। মা হবার পরপরই আমি বুঝতে পারি যে আবেগের বশিভূত হয়ে আমি একজনকে ভালোবেসে বিয়ে করেছি, সেই আবেগ আসলে সাময়িক। কাজলের সাথে দিনদিন আমার সম্পর্ক খারাপ হতে শুরু করলো। নেশা করে বাড়ি ফেরা সেই লোককে আমি ঘৃণা করতে শুরু করলাম। বছর তিনেক পর বাচ্চা নিয়ে আমি বাবা মায়ের কাছে ফিরে চলে আসলাম। আমার ছেলে বড় হতে থাকলো বাবা ছাড়া। আমাকে আব্বা আবার পড়াশোনা করতে বললেন। নিজেকে নতুন জীবন দানের প্রাণপণ চেষ্টা করতে থাকলাম। উচ্চ মাধ্যমিকে ভালো ফলাফলের পর ঢাকায় এসে কোচিংয়ে ভর্তি হলাম। বাবা মা আমার ছেলের খেয়াল রাখছেন। আমি রাখছি নিজের।

অনিক, তোমার কি মনে হচ্ছে না আমি একটি স্পয়েল হওয়া মানুষ? আমি জানি এতসব পড়ার পর আমার প্রতি তোমার ভালোলাগা বা ভালোবাসা শূন্যে নেমে আসবে। এতক্ষণে হয়তো নেমেও গেছে। গেছে?

তুমি ভালো থেকো অনিক। তোমার জীবন সুন্দর হোক।

ইতি

তন্বী

আমি চিঠি পড়ার সময় তন্বী চোখ নামিয়ে রেখেছে। একবারও আমার দিকে ফেরেনি। মনে হচ্ছে আমি তাকে ভালোবেসে ফেলাটাতে সবটা দোষই তার নিজের। নিজেকে সে অপরাধী মনে করছে। চিঠিটা

ভাজ করে ওর হাত ধরলাম। খুব শক্ত করে চেপে ধরেছি। আমি জানি এই মেয়ের হাত ধরার সুযোগ যদি পাই কখনো ছাড়বো না। সে বিবাহিতা, ডিভোর্সী, ভার্জিন, ননভার্জিন এসবে আমার কিছু যায় আসে না। হাত ধরার সাথে সাথেই ভেতরে কী যেন করে উঠলো। তাকিয়ে দেখি ও কাঁদছে। সে কি ভাবছে আমি তাকে সত্যিই স্পয়েল ভাবছি? আমার উত্তরটা কি এখন জানানো উচিত?

সেই প্রথম তন্বীর চোখের পানি মুছেছি। কারণ এর আগে কখনো তাকে কাঁদতে দেখিনি। এই তরুণীর জীবন শোনার পর আমি তাকে আগের চেয়ে হাজারগুন ভালোবাসা শুরু করেছি এতে কোন মিথ্যে নেই। ওর চোখের দিকে তাকিয়ে বললাম, 'তন্বী, আমি তোমার অতীত নিয়ে থাকবো না। তোমাকে নিয়ে থাকবো।

আমার বর্তমানটা জুড়ে যদি তুমি থাকো, তবে অতীত আমাদের কী কাজে আসবে? অতীতে তো কতকিছুই হয়। ক্লাস নাইনে আমি এক ছেলের মাথা ফাটিয়ে দিয়েছি, সে কথা জেনে তোমার এখন কি লাভ বা ক্ষতি হবে? সুতরাং তুমি কাকে ছেড়ে এসেছো বা ভালোবাসতে তা জেনে আমার কোন কাজ নেই। আমি তোমাকে ভালোবাসি এই সত্যটা তোমাকে বিশ্বাস করাতে চাই। এবং তোমার ভালোবাসায় ভালো থাকতে চাই।'

হড়বড় করে কতকিছু বলে ফেললাম। তন্বীকে আগে তুই করে বলতাম এই ব্যাপার ভুলে বসে আছি। এখন তুমি ছাড়া মুখে কিছু আসছে না। ও আমাকে জড়িয়ে ধরে আছে। আমার মনে হচ্ছিলো পৃথিবীর সবটুকু সুখ আমি বুকের ভেতরে বন্দী করে রেখে দিচ্ছি। মেয়েটার চোখের পানিতে আমার নীল শার্ট ভিজে চুপসে গেলো।

আমরা চমৎকারভাবে ভালো থাকা শুরু করলাম। তন্বী ভুলে গেলো তার একটি জঘন্য অতীত ছিলো। আমি নিজেকে যত না প্রেমিক, তারও বেশি স্বামীর পরিচয় দেয়া শুরু করলাম। আমার কৃষক বাবা হয়তো চাইবেন না কষ্ট করে লেখাপড়া করানো ছেলে একটি বাচ্চাসহ বিবাহিত কোনো মেয়েকে ভালোবাসুক। কিন্তু আমার কিছু করার থাকলো না।

আমি ততদিনে ওকে নিজের পৃথিবী ভাবতে শুরু করেছি। বলা যায় পরিবারসহ বাকিসব মূল্যহীন মনে হচ্ছিলো। প্রেমিক আর স্বামী হবার পাশাপাশি আমি পিতাও হয়ে গেলাম। তন্বীর ছেলে সোহানকে ঢাকায় এনে একটি আবাসিক মাদ্রাসায় ভর্তি করালাম। আমার দায়িত্বশীলতা দেখে ও মুগ্ধ! তার ভালোবাসা ক্রমে বাড়তে থাকলো। জীবনকে আমি যতটা মুগ্ধহীন চোখে দেখেছিলাম দিন যেতে যেতে সেই ধারণা পাল্টে মুগ্ধতায় পতিত হতে থাকলো।

আমরা অদ্ভুত সুন্দর সুন্দর দিন পার করছি। সকালে বলাকার ১০০ টাকা টিকিটে মুভি দেখছি। যেখানে ইচ্ছা ঘুরতে যাচ্ছি। পুরান ঢাকায় রাত বিরেতে গিয়ে কাচ্চি খাচ্ছি। বুড়িগঙ্গায় নৌকাতে চড়ছি। একবার চাঁদপুরের লঞ্চে সারারাত ছিলাম। লঞ্চের ছাদে বসে জোছনা গিলেছি ইচ্ছেমত। যতরকমভাবে জীবনকে উপভোগ করা যায় সব হচ্ছিলো আমাদের।

ঈদে তন্বী বাড়ি যেতো। আমি পৌছে দিয়ে আসতাম। তার পরিবার আমাকে বেশ আদর করা শুরু করেছে। আমাকে সম্ভবত তারা জামাই হিসেবে মানতে শুরু করেছে। আমার বাবা মাকে ভালোবাসার অন্ধ ঘোরে পড়ে ততদিনে ভুলে গেছি প্রায়। তন্বীর পৃথিবীকেই নিজের পৃথিবী মনে হতে লাগলো। তার মা বাবা কে মনে হতে লাগলো নিজের মা বাবা।

পঞ্চম সেমিস্টার চলছে। তন্বীকে কাছে পাবার তৃষ্ণা নদী থেকে সাগর, সাগর থেকে মহাসাগর হয়ে যাচ্ছিলো। এই তৃষ্ণার কথা ওকে জানিয়েছি। বলেছি বিয়ে করার কথা। এই বিষয়ের উত্তরে কেন জানি ও চুপ থাকতো। অবশ্য সে তখন ঘনঘন বাড়ি যাবার অযুহাত তৈরী করতো। বাড়ি দিয়ে আসতাম। কিছুদিন থেকে ঢাকায় ফেরার পর ওকে চেঞ্জ মনে হতো। আমি এত ভেবেও তার উত্তর বের করতে পারতাম না।

তিন বছরের গভীর সম্পর্কে আমরা অনেকদূর পৌঁছে গিয়েছিলাম, সেটা শারীরিক সম্পর্ক পর্যন্ত। ও যেহেতু বিবাহিত ছিলো, শরীরের ক্ষুধা থেকে আমাকে সে কাজে লাগাতো খাদ্য হিসেবে। আমিও অভ্যস্থ হয়ে গেলাম। প্রতি সপ্তাহে আমাদের কোন হোটেল কিংবা রেস্টহাউজ ভাড়া করতে হতো। আমি ওকে ভালোবাসি। শারীরিক কোন চাহিদা মেটাবার জন্যে ওকে কাছে চাইনি, কিন্তু ও আমাকে খাদ্য হিসেবে ব্যবহারের জন্যে ভালোবাসি বলেছে টের পেতে শুরু করলাম। হোটেল বিলাসের ৩০২ নম্বর রুমে আমরা শুয়ে আছি। সম্পূর্ণ বস্ত্রহীন অবস্থায় আন্তরিক সময় শেষে দু'জন সিলিংয়ের দিকে তাকিয়ে আছি। তন্বী আমার বাহুতে মাথা রেখে শুয়ে আছে। হঠাৎ বলে উঠলো,

'অনিক, আমি যাকে ভালোবেসে বিয়ে করেছিলাম তার নাম ছিলো কাজল।

কাজল এখন আমাদের বাড়ির পাশে এক দোকানে কাজ করে। তোমার সাথে ঘুমালেই আমি ওকে খুব মিস করি অনিক। কেন করি জানি না। ওকে অনুভব করি তা টের পাই খুব..'

আমার মাথায় আকাশ ভেঙে পড়লো। যে মানুষটাকে আমি নিজের দুনিয়া ভাবছি।

সে মানুষটা আমার ভেতরে অন্য কাউকে খোঁজে। আমাকে ভালোবাসি বললেও অন্য কারো জন্যে তার আবেগ এখনো টগবগ করে! আমার পুরুষত্বের জন্যেই সে হোটেলে রাত কাটায়। আমি এই তন্বীকে ভালোবাসি?! আমি জীবনের অর্ধেকটা সময় এই তন্বীকে দিয়েছি?

মাথা ঝিম ধরে থাকতো এসব ভাবলেই। ওর চোখের দিকে তাকালে সব ভুলে যেতাম। সব ঠিকঠাক মনে হতো।

ধীরে ধীরে কোন কারণ ছাড়াই আমাদের দূরত্ব বাড়তে থাকলো। তন্বী আমাকে আগের মত সময় দিচ্ছে না। কারণে অকারণে বাড়ি

যাচ্ছে। দেখা করতে বললে বিরক্ত হচ্ছে। হোটেলে যেতে বললে বাজে কথা শোনাচ্ছে। আমি বুঝে যেতে লাগলাম ও আমাকে আর চায় না।

আমাদের জীবন রঙ বদলাতে শুরু করলো। অমাবস্যার অন্ধকারে আমি সাঁতার কাটতে লাগলাম। ওর প্রতি কোন অভিমান বা ঘৃণা কখনো তৈরী হয়নি। তবে সেই কাজল রেখার প্রতি এক ধরণের ক্ষোভ জন্ম নিলো। আমি ওর গ্রামে গিয়ে সেই কাজলকে দেখে আসলাম। তার সাথে অচেনা পরিচয়ে কথা বলে আসলাম। আমার খুব জানার ইচ্ছে ছিলো, কোন সে ছেলে যার জন্যে ও এতবছর পরও প্রেম ধরে রেখেছে। আমার দেখতে ইচ্ছে করছিলো ছেলেটার ভেতরে কি আছে যা আমার ভেতরে নেই।

দেখলাম এক টিভি মিস্ত্রীকে তন্বী ভালোবাসতো। যার কাজ এখনো নেশা করে রাত করে বাড়ি ফেরা। যাকে গ্রামের মানুষ অর্ধপাগল হিসেবে চেনে। কাজলকে দেখে এসে বুঝলাম ভালোবাসা জিনিসটা সত্যিই অন্ধ। জাতভেদ মানে না। যত যাই হোক আমি শুধু তন্বীকে কাছে রাখতে চাইতাম। ততদিন পর্যন্তও ওর হাত পা ধরে শুধু ভালোবাসি বলে গেছি। ওকে বোঝাতে চেয়েছি আমি ওকে ছেড়ে থাকতে পারবো না।

বিয়ের কথা তুললে সে শর্ত দিতো, সরকারি চাকরি পেতে হবে, বিশ লক্ষ টাকা কাবিন দিতে হবে, ছেড়ে না যাওয়ার ওয়াদায় একটি দলিলে সই করতে হবে, মাস শেষে বিশ হাজার টাকা হাত খরচ দিতে হবে ইত্যাদি। এসব শুনে আমার অবাক হবার কথা। প্রথম প্রথম হাসতাম। আমার হাসি দেখে তন্বী আরও মজবুত করে জানাতে লাগলো, ওকে বিয়ে করতে হলে অবশ্যই এসব শর্ত মানতে হবে।

আমি তারপর বুঝলাম, শুধু শারীরিক নয় ব্যবসায়িক একটা চুক্তি হিসেবে তন্বী আমার সাথে সম্পর্কে এসেছে। আমি কি মানসিক ভারসাম্যহীন একজন মানুষ? আমি ওর সব কথায় রাজি হলাম। ও যা চায় তা হবে বললাম। তাতেও হলো না। আমাকে শেষমেশ সে বিয়ে করলো না। আমার ভালোবাসার শক্তি হয়তো দুর্বল ছিলো।

সোহানকে যে মাদ্রাসায় পড়াতাম সেখানে বাবার নামের জায়গায় আমার নাম দেয়া। আর্থিক সব ব্যাপার আমি পূরণ করি। কোন ঝামেলা হলেও আমাকে ফোন করা হয়। আমি ছুটে যাই। তন্বীকে ভালোবাসার পাশাপাশি তার সন্তানকেও যে ভালোবেসে ফেলেছি টের পাইনি।

তন্বীর সাথে যোগাযোগ নেই গত চার বছর। সে কেমন আছে আমি এখনো খবর রাখি। আমার খবর হয়তো সে কিছুই জানে না। শুনেছি কাজলের কাছে ফিরে গেছে। যাক, জীবন যেখানে টানে মানুষ বারবার সেখানেই ফিরে যায়। অবহেলা পেলেও ফিরে যেতে হয়।

আমার জীবন স্বাভাবিক হতে হতেও হলো না। আমি রয়ে গেলাম অন্ধকারে। পড়াশোনা শেষে একটি ভালো চাকরী পেয়েছি সত্যি, কিন্তু চাকরী আর সফলতার আনন্দ আমাকে স্পর্শ করেনি। বাবার মৃত্যুর খবর কানে পৌঁছেছে দুদিন পর। আমি সম্ভবত পৃথিবীর একমাত্র পাপী ছেলে, যে নারীর ভালোবাসার লালসায় বাবা মাকে দূরে রেখে দিয়েছি।

এখন অনুতপ্ততা আর সাগরকে ঘাড়ে করে বেড়াচ্ছি। মাকে নিয়ে দামী ফ্ল্যাটে থাকি ব্যাংকে বেশ মোটা অঙ্কের টাকাও জমা হচ্ছে। অফিসের সব কর্মচারী স্যার বলে ডাকে। এসব আমাকে সুখ দিতে ব্যর্থ হচ্ছে। এখনো মায়ের চোখের দিকে তাকালে বাবাকে দেখতে পাই। বাবা একরাশ অভিমান নিয়ে আমাকে তার কাছে ডাকেন। মাঝরাত হলে কখনো কখনো কল্পনায় তন্বীকে দেখি। মেয়েটার চোখভরতি ভুল ভালোবাসা এখনো টলমল করতে দেখি স্পষ্ট। আমি খুব কাছে যেতে চাই, কাছে গিয়ে হাত ধরে বলতে চাই 'তন্বী, তোমাকে ভালোবাসি।' অথচ সেই সময়টাতে তন্বী অন্যকারো বাহুতে শুয়ে আছে। জগত এত বিচিত্র কেন?

ভাগ্যের চিলেকোঠা

'তুমি এখন যেই অবস্থানে আছো। আচমকা তোমার গল্প শুনে কেউ বিশ্বাস করতে চাইবে না তুমি একদিন রাস্তার ছেলে ছিলে। যাহোক, আমি আজ তোমার গল্প না শুনে উঠছি না এটা নিশ্চিত।'

মোটা চওড়া গোঁফের অধিকারী এই লোকের সাথে প্রায়ই আমার দেখা হয় ডিবেট ক্লাবে। কখনো আড্ডা দেয়ার উদ্দেশ্যে তার সাথে বসা হয়নি। তিনি একটি রেডিও স্টেশনে আরজিং করেন। শুনেছি টুকটাক লেখালেখিও করেন। আমাদের ডিবেট সদস্য পাপন ভাইয়ের সাথে এই লোকের ভালো সম্পর্ক বলে তাকে প্রায়ই ক্যাম্পাসে আসতে দেখা যায়। আমার গল্প শোনার জন্যে তিনি আগ্রহী হয়ে আছেন কেন অবশ্য আঁচ পাচ্ছি অল্পস্বল্প। পাপন ভাই নিশ্চয়ই বলেছেন আমার সম্পর্কে। নয়তো যে মানুষ প্রয়োজন ছাড়া কারো সাথে কথা বলে না তিনি এমন আগ্রহ নিয়ে গল্প শোনার প্রস্তুতি নিয়ে কাছে আসতেন না। আমি তার আগ্রহে আনন্দবোধ করলাম।

সফলতার পেছনে সব মানুষের জীবনেই একটি করুণ অধ্যায় থাকে। কঠোর বেদনার একটি সময় পার করা ছাড়া মানুষ সহজ কোনো রাস্তা ধরে সফল হতে পারে না। আমরা দুঃখকষ্টের গল্প খুব মন দিয়ে শুনি। তাই সফলতার পেছনের গল্প শুনতে চাওয়ার শ্রোতার অভাব হয় না। ভদ্রলোক আবার কথা তুললেন,

'তো রাফিদ, ঢাকা বিশ্ববিদ্যালয়ের সেরা কয়েকজন ক্রিয়েটিভদের মধ্যে তুমি একজন। দেশ বিদেশেও নাকি ইতিমধ্যে তোমার নাম ছড়িয়েছে। বিভিন্ন দেশের প্রধানমন্ত্রীর কাছে তুমি দেশের হয়ে নানা প্রস্তাব নিয়ে যাও। গতবছর যেন কোথায় গেছো?'

'ইন্ডিয়া গিয়েছিলাম। নরেন্দ্র মোদির সাথে সাক্ষাৎকার ছিলো।' ভদ্রলোক মৃদু হেসে মাথা নাড়তে নাড়তে উত্তর দিলেন,

'ওহ হো, হ্যাঁ হ্যাঁ ইন্ডিয়া গেছো। পাপন আমাকে বলেছে অবশ্য। বয়সের ধাক্কা লেগেছে আসলে। কত কথা ভুলে যাই হিসেব নেই। তোমার যে এত সুনাম চারপাশে। এত ক্রিয়েটিভিটি তোমার ভেতরে, এর পেছনের গল্প শুনতে আমি মুখিয়ে আছি বলতে গেলে। আজ সময় নিয়ে এসেছি। চলো ক্যাফেটেরিয়ায় বসে কফি খাওয়া যাক।'

আমরা ক্যাফেটেরিয়ায় ঢুকলাম। আমি বরাবরই স্বল্পভাষী মানুষ। অতি প্রয়োজন ছাড়া কথা বলতে পছন্দ করি না। কিন্তু এই ভদ্রলোকের সাথে কথা বলতে আমার ভালো লাগছিলো। কেন যেন আমার কাছে আমার গল্প শুনতে চাওয়ার ঘটনায় আমি আনন্দিত ছিলাম বরাবরই। কফি খেতে খেতে তিনি নানারকম প্রশ্ন করছেন, আমি উত্তর দিচ্ছি। একসময় বলে উঠলেন,

'রাফিদ, ভাঙাভাঙা উত্তরে ভালো লাগছে না। তুমি বরং শুরু থেকে বলো তো। তুমি কিছু মনে না করলে আমি তোমাকে নিয়ে লিখতে চাই। বলা শুরু করো।'

আমার জীবন নিয়ে কেউ লিখতে চাইলে আমার অবশ্যই খুশি হবার কথা। আমি খুশি হলাম। এবং যতটুকু পারলাম গুছিয়ে বলতে শুরু করলাম,

'২০১৩ সালে গ্রাম থেকে এসএসএসি পাশ করে ভালো ফলাফল করার পর বাবার কাছে মোবাইল চেয়েছিলাম। বাবা কিনে দেননি। ভালো ফলাফল করাতে আমি একটা উপহার পাবার যোগ্যতা রাখি এটা ঠিক, কিন্তু যেই উপহারের দাবি আমার ছিলো তা কিনে দেয়ার সামর্থ্য বাবার ছিলো না। আমাদের একটা তাঁত মেশিন ছিলো। মা বাবা দিনরাত সেখানে কাপড় বুনতেন। কাপড় বিক্রির টাকায় সংসার চলতো। কৈশোরে ছেলেদের মাথায় নানারকম ভূত চাপে। সেই ভূত কখনো কখনো নিজেকে বাড়ি ছাড়াও করে ফেলে। আমার মাথায় চাপা ভূতও আমাকে বাড়ি ছাড়া করলো।

বাবার সাথে মোবাইল ফোন নিয়ে তর্কাতর্কি করতে করতে একসময় রেগে গিয়ে যা তা বলতে শুরু করলাম। বাবাও রেগে গিয়ে হঠাৎ মারতে শুরু করলেন। মারতে মারতে বলছিলেন,

'মোবাইল দরকার হইলে ট্যাকা নিজে রোজগার কর। নিজে কামাই কইরা ফোন কিইন্যা দেখা।'

আমি সে কথা মাথায় গেঁথে ফেললাম। কাউকে না জানিয়ে বাড়ি থেকে বের হয়ে গেলাম। কোথায় যাব জানি না। কিভাবে টাকা রোজগার করবো জানি না। কিন্তু আমাকে টাকা রোজগার করেই ফোন কিনতে হবে। হাঁটতে হাঁটতে স্টেশনে পৌছালাম। কেন যেন ঢাকায় আসার কথা মাথায় আসলো। তাই করলাম। রেলস্টেশনে গিয়ে রাতের ট্রেনে চড়ে ঢাকায় নামলাম। 'ঢাকা' বাংলাদেশের রাজধানী বইতে পড়েছি। কখনো আসা হয়নি। স্টেশনে পৌছাবার পর যখন কোথাও যাবার জায়গা খুঁজে পাচ্ছিলাম না, মনে হলো ঢাকায় গেলেই বুঝি টাকা রোজগার করতে পারবো। দেশের সব ধনী ব্যক্তিরা ঢাকায় থাকেন। ঢাকায় বুঝি টাকার অভাব নেই। খুব সহজভাবে অর্থ পাবার রাস্তা সব ঢাকা শহরে গেলেই পাওয়া যেতে পারে।

কমলাপুর রেলস্টেশনে নেমে দেখলাম ভোর হয়ে গেছে। গ্রামের ভোরের মত ভোর না, এক অন্যরকম বিষণ্নতা মাখানো রোদ যেন লক্ষ্যহীন ঘোড়ার মত দিকবিদিক ছুটে যাচ্ছে রঙ বেরঙ মানুষের গায়ে জড়াতে। আমি কৌতুহলি হয়ে সে রোদ দেখছি। প্রচণ্ড ক্ষুধা পেয়ে বসেছে ততক্ষণে। সঙ্গে কোনো টাকা নেই। খালি পকেট নিয়ে ১৬ বছরের এক যুবক ব্যস্ত এক শহরকে দেখছে অদ্ভুত চোখে। সারাদিন হাঁটাহাঁটি করলাম এদিক সেদিক। কারো সাথে কোন কথা হলো না। কেউ কোনো প্রশ্নও জিজ্ঞেস করলো না। গ্রাম হলে হারিয়ে গেছি ভেবে কেউ না কেই দু' একটা প্রশ্ন করতো। কিন্তু এ শহরে কারো দায় পড়ে না কারোর জন্যে।

কোনো জায়গা চিনি না শহরের। ক্ষুধা নিয়ে হাঁটতে হাঁটতে হঠাৎ বড় একটি রাস্তার মোড়ে এসে থামলাম। চারপাশে বড় বড় দালানের

সারি। দামি দামি গাড়ি ছুটোছুটি করছে পিচঢালা রাস্তায়। দেখলাম রাস্তার পাশে বড় একটি সিমেন্টের সীমানা দেয়া জায়গায় কিছু কাক, একজন মা আর একজন বৃদ্ধ লোক খাবার খুঁজে খুঁজে খাচ্ছে। আমি তখন ক্ষুধার্ত খুব। তাদের দেখে খুব খুশি হয়ে গেলাম। মনে হলো, ঢাকায় সহজে টাকা পাবার কথা যেমন শুনেছি, খাবারও বোধহয় এমন সহজে পাওয়া যায়। আমিও তাদের সাথে গিয়ে খাবার খুঁজে খাওয়ার প্রতিযোগিতায় যোগ দিলাম। সব খাবারের স্বাদই পচা এবং বাসি ছিলো। কিন্তু আমার মনে হয়েছে শহরের খাবারই বোধহয় এমন হয়। বড়লোকরা কতরকম খাবার খায়। কয়টার স্বাদ চিনি আমরা? সিমেন্টের তৈরি জায়গাটা যে ডাস্টবিন আমি চিনতে পারিনি। ডাস্টবিন বইতে ছাড়া কখনো দেখিনি তাই মনে হয়েছে ফ্রিতে খাবার খেতে হলে ডাস্টবিনে আসতে হয় সবাইকে।

সারাদিন ঘুরে ঘুরে রাতে এসে আমি রেলস্টেশনে ঘুমাতাম। সকাল হলে এদিক সেদিক কাজ খুঁজতে বের হতাম। কী যোগাযোগ শূন্য শহর এই ঢাকা। কারো সাথে কারো কোনো লেনদেন নেই যেন। রাস্তায় তাকালে মনে হয় একেকটা মানব রোবট চলাচল করছে। হাঁটাহাঁটি করার পর ক্ষুধা পেলেই সিমেন্টের তৈরী সেই জায়গা থেকে খাবার কুড়িয়ে ক্ষুধা মেটাতাম।

এভাবে প্রায় সপ্তাহখানেক চলার পর আমার চেহারা পুরোপুরি বদলে গেলো। জামাকাপড় ধুলাবালিতে কালচে রঙা হয়ে গেলো। দাঁতে হলদে দাগ পড়ে দাঁত সব বিদঘুটে হয়ে গেলো। আমি অল্প'কদিনে যেন ভিনগ্রহী মানুষ হয়ে যেতে থাকলাম। স্টেশনে ঘুমাতে ঘুমাতে আমার কিছু বন্ধু যোগাড় হয়েছে। ওরা কয়েকজন মিলে একটা দল বেঁধে চলাফেরা করে। সারাদিনে কাগজ, প্লাস্টিক এটা ওটা খুঁজে খুঁজে জমা করে দোকানে বিক্রি করে টাকা পায়। আমিও তাদের দলে যোগ দিলাম। তাদের সাথে চলতে চলতে পারফেক্ট টোকাই হয়ে গেলাম অল্প সময়ের ভেতর।

টাকা রোজগারের এই পন্থা আমার অপছন্দ হওয়া শুরু করলো সুখী মানুষদের দেখার পর। স্কুলে পড়ুয়া বাচ্চাদের দেখলেই মনে পড়ে যেত

আমারও পড়াশোনা করবার কথা। কলেজে পড়বার কথা! বাবা মার সাথে একসাথে একটা ছোট্ট হোক, সুখী ঘরে বাস করবার কথা। আমি টোকাই হয়ে বেঁচে থাকতে চাইনি কখনো।

পড়ালেখার সুযোগ পাবার জন্যে দোকানে দোকানে ঘুরে বেড়াতাম। ততদিনে চালাক হয়েছি। অনেক জায়গা চিনেছি। শহুরে ধাঁচ ধরেছি। কোন কোন মানুষ যে কাজের বিনিময়ে পড়াশোনার খরচ দেয় এই খবর পেয়েছি। এরকম একজন মানুষ পাবার জন্যে পাক্কা এক বছর এ দোকান সে দোকান ঘুরে ঘুরে কাজ করে বেড়িয়েছি। সবাই সুযোগের ব্যবহার করেছে। কলেজে ভর্তি করাবার নামে ইচ্ছেমত কাজ করিয়েছে।

কেউই লেখাপড়া করাবার সাহায্যের প্রতিশ্রুতি রাখেনি। আমি ধাক্কা খেতে খেতে একটা সময় ক্লান্ত হয়ে গেলাম।

বুঝলাম টোকাই পেশাই আমার জন্যে ঠিক। নিজের মত করে বাঁচা যায়। কেউ বেইমানী করতে পারে না। গ্রাম ছেড়ে বাবা মাকে কষ্ট দিয়ে যেই ভুল করেছি তার শাস্তি হিসেবে রাস্তার ছেলে হয়ে বেঁচে থাকাটাই আমার জন্যে ঠিক। পুনরায় টোকাই হয়ে বেঁচে থাকা শুরু করলাম।

স্টেশনে ঘুমিয়ে আছি। এক মধ্যরাতে হঠাৎ কারো গোঙানির শব্দ শুনে ঘুম ভেঙে গেলো। জেগে দেখি যেই প্লাটফর্মে আমি আর আমার সঙ্গীরা ঘুমিয়ে আছি তারই কিছুদূরে একজন মধ্যবয়স্ক লোককে একটি ছেলে গলা চেপে ধরে আছে। লোকটি মারা যাচ্ছে। বাঁচার চেষ্টায় হাত পা ছুঁড়ছে আর গোঙানির মত শব্দ করছে। লোকটা কি মারা যাচ্ছে?

আমি কী মনে করে যেন আমার দলের সবাইকে ডেকে তুলে নিয়ে ওই হামলাকারীকে রেলের পাথর ছুঁড়ে ছুঁড়ে মারতে লাগলাম। লোকটাকে বাঁচানো জরুরি। আমাদের চিৎকার চেঁচামেচিতে অনেক লোক জেগে গেলো। হামলাকারী মুহূর্তে হাওয়ার সাথে মিশে গেলো। মধ্যবয়স্ক লোকটার কাছে গিয়ে তাকে তুলে দাঁড় করালাম।

প্রাথমিক চিকিৎসা করে তাকে স্বাভাবিক করে তোলার পর জানতে পারলাম ছিনতাইকারী তাকে আটক করেছে তার মোবাইল আর টাকা

নেয়ার জন্যে। দিতে নারাজ হওয়ায় জোর জবরদস্তি শুরু হয়। এক পর্যায়ে ছিনতাইকারী গলা চেপে ধরে। একদমই স্বাভাবিক এবং নিত্যদিনের ঘটনা। জিনিস দিতে না চাইলে মেরে ফেলতে চাইবে এটাই তো স্বাভাবিক। কিন্তু এই ঘটনা আমাকে মর্মাহত করলো। তাঁকে বাসায় পৌঁছে দেয়ার দায়িত্ব নিলাম। তাঁর সমস্ত মালামাল কাঁধে তুলে রাত গভীরে বাসায় পৌঁছে দিলাম।

'আর জে সাহেব। আপনি কি আমার কথা মন দিয়ে শুনছেন?'

'শুনছি। এবং বাকি ঘটনা আঁচ করতে পারছি। সেই লোকই পড়াশোনা করিয়ে তোমার জীবন বদলে দিয়েছে।'

'ঠিক তাই। হঠাৎ বৃষ্টির মত আমার ভাগ্য পরিবর্তন হয়ে গেলো। স্টেশনে ঘুমানো ঢাকা শহরের ছোট্ট এক টোকাই ছেলেকে আমার মনিব সেরা মেধাবীদের একজন হবার সুযোগ করে দিয়েছেন। আপনি কি এবার ধারণা করতে পারছেন আমি কতটা ভাগ্যবান?'

এই প্রশ্নের উত্তরে রেডিও জকি সাহেব গভীর নিঃশ্বাস ফেললেন। আমরা আর কেউ কোনো কথা বললাম না। উনি হয়তো আমার জীবনের গল্পটা কোনো একদিন ছাপাবেন। কিংবা না। ছাপালে কী শিরোনাম দেয়া হবে গল্পের?

'টোকাই ছেলের বদলে যাওয়া জীবন?' নাকি 'ঘর ছেড়ে টোকাই হবার গল্প?' ভেবে ভালো লাগছে। গল্পেই জীবন থাকে, জীবনেই থাকে গল্প।

ডায়েরি

আমার গল্প লেখার কথা। বইয়ের তিন ভাগের এক ভাগও এখনও শেষ করিনি। প্রতিদিনই ভাবি লিখবো। এখন লিখবো তখন লিখবো করে আর হচ্ছে না। ফোন হাতে নেয়ার পর ফেসবুকে টানা ভিডিও দেখে সময় শেষ করি। এই দেখি সকাল, তারপর কখন যেন রাত হয়ে যায়। গতকাল ভাবলাম সিরিয়াস হতে হবে। ফেসবুক আমার সময় নষ্ট করছে। আমাকে যেভাবেই হোক লেখা শেষ করতে হবে। তারপর মেসেজার আর ফেসবুক ডিলিট করে দিলাম। অনেকটা হালকা লাগলো। মনে হলো এবার রুটিন করে লিখলেই লেখা শেষ হবে।

তা হলো না। আমি আবারও ভিডিও দেখে সময় নষ্ট করতে শুরু করলাম। আজ সকাল থেকে টানা দুপুর পর্যন্ত ভিডিও দেখেছি। আপনি নিশ্চয়ই ভাবছেন ফেসবুক যেহেতু ডিলিট আমি ইউটিউব থেকে ভিডিও দেখছি। তাই না? আপনার ধারণা ভুল। আমি ইন্সটাগ্রাম খুলেছি নতুন নতুন। সব ফাংশন ভালো করে বুঝি না। আজ ঘেঁটে ঘেঁটে বের করলাম কোথায় গেলে ভিডিও দেখা যায়। নিতান্তই সস্তা এবং অপ্রয়োজনীয় কিছু ভিডিও দেখে আমি সময় নষ্ট করি। আপনি কি বুঝতে পারছেন, সময় নষ্ট করা যে আমার নেশার মত হয়ে গেছে? আমি ভিডিও না দেখলে অন্য কাজে সময় নষ্ট করতাম। তবু কাজের কাজটা করতাম না। আমার হাতে সময় কম। খুব দ্রুত লিখে শেষ করা দরকার বইটা। কিন্তু সময় নষ্টের নেশা থেকে আমি মুক্তি পাচ্ছি না।

ও হ্যাঁ, আপনাকে আরেকটা কথা বলা হয়নি। আপনি কি বিশ্বাস করেন? মানুষ নিখাদভাবে কাউকে ভালোবাসলে সে ঠকে। ফিরতি ভালোবাসা পায় না। আমার মনে হয় আমার সাথে এরকমটা হয়েছে। আমি একজনকে নিখুঁত ভালোবেসেছি। কিন্তু সে আমাকে ততটুকু তো দূরে তার ৫০ ভাগও বাসেনি। ভালো না বাসতে পারা অপরাধ না। কিন্তু ভালোবাসছি বলে অভিনয় করাটা অপরাধ। সে আমার সাথে

ভালোবাসাবাসির অভিনয় করেছে। করেছে না, এখনও করে যাচ্ছে। আফসোস কী জানেন? আমি তাকে কিছুই বলতে পারছি না। তার চোখের দিকে তাকিয়ে বলতে পারছি না 'তুমি এত মিথ্যে কেন বলছো? আমাকে ভালো বাসতে না পারলে তোমাকে খুন করে ফেলবো তো বলিনি আমি।' তাই ভালোবাসলে পাশাপাশি তাতে ভেজালও মেশানো উচিত। তাহলেই হয়তো কাজে আসতে পারে।

কী বলতে কী বলে ফেলছি। ও হ্যাঁ, আজ সকাল থেকে আমার মন খারাপ। মন কেন খারাপ আপনি কি আন্দাজ করতে পারছেন? ভুল ভালোবাসা পাবার আফসোসে আমার মন খারাপ। শুনেছি একটা ঘটনা দিয়ে দিন শুরু হলে বাকিদিন ওরকম ঘটনাই ঘটতে থাকে। আমার মন খারাপের দিন আজ। এই কেবল শুরু। ভিডিও দেখে সময় নষ্ট করার পর গেলাম শপিং ডে নামক বিজনেস গ্রুপে। আপনাকে তো বলেছি আমি অবসর সময়ে একটা বিজনেস পেজ চালাই। ওখানে ঢুকেই আমার ছোট ভাইয়ার মেয়ের ছবি চোখে পড়লো। তিন বছর আগে আমাদের শেষ দেখা হয়েছে। হাসিমুখে সে ক্যামেরার দিকে তাকিয়ে আছে। তার গায়ে একটা হাতাকাটা জামা। আমি কিনে দিয়েছিলাম। জামাটা পরা আর কোন ছবি তার নেই। এই একটাই ছবি ছিলো। ফেসবুককে ধন্যবাদ। সে আমাকে স্মৃতির পুনরাবৃত্তি করার সুযোগ দিলো। আমার ভাইয়ের বাবুটার নাম মাদিহা আফনান তোয়া। ভাইয়া ভাবী এখন আলাদা থাকছেন। বাবু ভাবীর কাছে। আমার ধারণা কখনো আমি আর তোয়াকে দেখতে পাবো না। শুনেছি তার নাম এখন মাদিহা আফনান পাল্টে অন্য কিছু রাখা হয়েছে। মাদিহা নামটা আমার বড় বোন রেখেছিলো। ভাবী আমার বোনকে পছন্দ করতেন না। কাজেই তার রাখা নামও অপছন্দের হবে।

বাবুর ছবিটা দেখার সাথে সাথেই আমি কেঁদে দিলাম। জুম করে বারবার দেখতে লাগলাম ছবিটা। বাবু আমাকে 'মেয়ে' বলে ডাকতো। তিনবছর আগে সে কথা বলতে জানতো না। আধো আধো শব্দে আমাকে ঘুম থেকে ডেকে তুলতো

'মেয়ে উথো, মেয়ে নাস্সা করো। উথো। উথো মেয়ে।'

আমি ছবিতে হাত বুলাতে বুলাতো বললাম

'মারে, আমি তোকে ভালোবাসি। কতটা ভালোবাসি তা কখনো বলার সুযোগ পাবো না এই কষ্ট নিয়ে বেঁচে থাকতে হবে। তবে তুই মনে রাখিস রে মা, ফুপি কখনো তোকে ভুলবে না।'

ছবিটা আমার দিকে তাকিয়ে আছে। যেন প্রাণবন্ত। বাবু আমাকে বলছে,

'মেয়ে, তুমি কেন আমাকে মনে রাখবে?'

'আমাকে যে কটা বার তুই মেয়ে বলে ডেকেছিস কেবল তার জন্যেই তোকে আমৃত্যু মনে রাখবো মা। ফুপি তোকে খুব মনে করে। এই যে দেখ, তোর কথা মনে পড়তেই ফুপি কাঁদছি। তুই কি চোখের পানি দেখতে পাচ্ছিস?'

'না। কিন্তু তোমার চোখ লাল। আমাকে কি তোমার দেয়া জামাটায় ভালো লাগছে ফুপি?'

তুই থেকে হঠাৎ তুমিতে চলে এলাম। বাবুর বোধহয় তুই ডাকে খারাপ লাগছে। আমার চোল লাল বলে ছোট আঙুলে সে আমার চোখ ধরতে চাইছে। আমি মাথা এগিয়ে দিলাম তার দিকে। তারপর বললাম,

'রাজকন্যা লাগছে তোমাকে। তুমিতো রাজকন্যাইরে মা। আফসোস তোমাকে আমরা ধরে রাখতে জানলাম না।'

বাবু আমার কথা শুনে মন খারাপ করলো। আমি তাকে মন খারাপ দেখতে পারি না।

সাথে সাথে প্রসঙ্গ পাল্টে বললাম

'মা, তুমি হাসো। মন খারাপ করো না। জগৎ রহস্যময়, তোমার সাথে তোমার এই মেয়ের হয়তো একদিন দেখা হয়ে যাবে। তুমি হাসো মা। তোমাকে হাসতে হবে।'

আমি কল্পনায় অনেক কথা বলে ফেললাম বাবুর সাথে। আপনাকে এসব লিখতে গিয়েও আমার চোখ ভিজে যাচ্ছে। ঝাপসা হয়ে আসা চোখে ফোনে টাইপ করতে কষ্ট হচ্ছে। তবু লিখছি। আমার মন খারাপের দুটো কারণ আপনাকে বললাম। এবার তৃতীয় কারণটা বলি।

বাবুর ছবি দেখা শেষ করে মুখে পানি ছিটিয়ে এলাম। কান্না করার কারণে আমার চোখ ফোলা। নাক লাল হয়ে আছে এবং খানিক হাত পা'ও কাঁপছে। ফোন দূরে রেখে হুমায়ূন আহমেদের একটা বই নিয়ে বসলাম। বইটার শেষ দৃশ্যে এসে আবারও কান্না করতে হলো।

গল্পের মূল কথক একটি মেয়ে রানু। তার বড় ভাই রঞ্জু সংসারের জন্যে যুদ্ধ করতে করতে একসময় মারা যায়। মারা যাওয়ার সময়টা লেখক যেভাবে বর্ণনা করেছে আপনি পড়লে আপনিও কাঁদতেন। আপনি কি আমার কথা বিশ্বাস করছেন না? আপনাকে আমি বইটা পাঠাবো একদিন। পড়ে দেখবেন। নামটা তো বলা হয়নি। বইটার নাম 'আশাবরী'।

আমি এই নামের অর্থ জানি না। আপনি কি জানেন? যদি জানেন আমাকে আশাবরী শব্দের অর্থ বের করে জানাবেন। কোন সুন্দর শব্দের অর্থ না জানলে আমার ভালো লাগে না।

আজকের দিনের তিনটা মন খারাপের কথা বর্ণনা করা শেষ। আমি এখন ঠান্ডা এক গ্লাস পানি খাবো। ইচ্ছে করছে পুদিনা পাতা আর লেবু মিশিয়ে শরবত খেতে। তা সম্ভব না। বাসায় লেবু পুদিনা পাতা কোনোটাই নেই। পানিই একমাত্র ভরসা। নরমাল পানি খেতে হবে ঠান্ডা পানি পাবার সুযোগও নেই। কারণ আমি যেখানে আছি এখানে কোনো ফ্রীজ নেই।

আমার সম্পর্কে আপনার কী ধারণা হয়েছে? অতি তুচ্ছ কারণে মন খারাপ করে ফেলার স্বভাব আছে আমার এবং অল্পতে কেঁদে দেয়ার আমার জন্যে ওয়ান টু এর ব্যাপার? আপনি তা ভাবতে পারেন। আমি কিছু মনে করবো না। কারণ আমি নিজেকে আবেগপ্রবণ বালিকা হিসেবে বিশ্বাস করতে শুরু করেছি। আগে তা ভাবতাম না। নিজেকে সাহসী মনে হতো। কারণ আমি টানা দু'বছর একা বাসে চড়ে কলেজ গেছি, কলেজ থেকে ফিরেছি। বখাটে কিছু ছেলে বাসস্টপে বিরক্ত করতো।

'আপামণি, এই কাগজটা আপনাকে দিতে বললো ওই ভাইয়া।' বলেই একটা ভাঁজ করা কাগজ বাড়িয়ে ধরতো। মাথা ঘুরালেই আমি দেখতে পাবো লাল শার্ট পরা এক ছেলে আমার ঠিক পেছনে বাইকের ওপর বসে আছে তার চোখে সানগ্লাস এবং হাতে চাবির রিং। ক্রমাগত সে চাবির রিং ঘোরাচ্ছে আর চুইংগাম চিবোচ্ছে। আমি চামচাকে ধমক দিয়ে বলতাম

'কাগজটা আপনার ওই ভাইকেই দিন। কি লেখা আছে পড়ুক।'

ছেলেটা হকচকিয়ে তাকাতো। আমি বাসে উঠে যেতাম। একই ঘটনা কদিন পরপর ঘটতো। আমি ভয় পেতাম না। এরকম আরও কয়েকটা বখাটেকে সাইজ করেছি।

এতেই আমার নিজের সম্পর্কে ধারণা হতে শুরু করলো আমি সাহসী। শুধু সাহসী না প্রীতিলতার মত সাহসী।

নিজেকে সাহসী ভাবার পাশাপাশি আমি ভাবতাম আমি একজন শক্ত হৃদয়ের মানুষ। শক্ত হৃদয়ের মানুষ কেন ভাবতাম উদাহরণ দিলে পরিষ্কার হবেন। আপনি কি বিরক্ত হচ্ছেন? আমি আসলে উদাহরণ দেয়া ছাড়া কোনো কথা বলতে পারি না।

আমার নানুকে আমি ভালোবাসতাম না। কারণ তিনি আমাদের চার ভাইবোনের কাউকেই তেমন পছন্দ করতেন না। আমার মামা খালার সংখ্যা সব মিলিয়ে তেরোজন। তেরোজনের ঘরে সন্তান সন্ততি গুণে দেখলে পঞ্চাশ জনের কম হবে না। সবাইকে সমান স্নেহ করা তাঁর পক্ষে সম্ভব না। কিন্তু তিনি ছোটখালার দুই সন্তানকে খুবই স্নেহ করতেন। নানুবাড়ি গেলে মুক্তা আর তৌহিদের পাত্তা যতটা থাকতো আমাদের তা শূন্যের কোঠায় নামতো। স্বাভাবিকভাবেই নানুর প্রতি ধারণা ছিলো তিনি আমাদের কম পছন্দ করেন। জানেন তো, বাচ্চাদের মাথায় একবার যখন নিজস্ব যুক্তি সেট হয়ে যায় তা সহজে সরে না। মুক্তা আর তৌহিদকে কেন তিনি এত ভালোবাসতেন তার হিসেব মিলতো না। যদিও বড় হবার পর এই যুক্তি আমি বের করেছি। আমার ছোটখালা ছিলেন মানসিকভাবে অসুস্থ। অসুস্থ না বলে পাগল বললে আপনি সহজে বুঝতে পারবেন। খালাকে ঘরে বেঁধে রাখতে হতো বছরে এক থেকে দেড় মাস। ছোটখালু থাকেন সৌদি আরব। দুই সন্তানকে দেখার মত কেউ নেই। নানু তাদের খেয়াল রাখতেন। এভাবেই হয়তো তাদের প্রতি তাঁর স্নেহের পরিমাণটা বেশি।

'আপনি এভাবে তাকাচ্ছেন কেন? আমি কি আবারও মূল কথা থেকে সরে গেছি?'

'ওহ হো, হ্যাঁ। সরে গেছি তো। আমি বলছিলাম কিভাবে নিজেকে শক্ত হৃদয়ের মানুষ হিসেবে আবিষ্কার করলাম তা বলবো। আমার ধারণা ছিলো নাতি নাতনীদের স্নেহ করার ব্যাপারে নানুর চিন্তাভাবনায় বৈষম্য আছে। তিনি কাউকে বেশি আদর করছেন কাউকে কম আদর করছেন। আমার ধারণা ভুল প্রমাণিত হলো। শরতের শেষদিকে আমি নানুবাড়ি বেড়াতে গেছি। আমার ছোটমামা আর মেজোমামার ঘর পাশাপাশি। মেজোমামার ঘরেই আমি থাকতে অধিক পছন্দ করতাম কারণ আমার সমবয়সী মামাতে ভাইবোন সেখানে বেশি। ছোটমামার ঘরে নানু থাকতেন। কারণ নানুর বৃদ্ধকালীন দেখভালের দায়িত্ব ছোটমামা নিয়েছেন।

দুপুরে খাওয়াদাওয়া শেষ করে আমরা উঠানে খেলতে নেমেছি। বালি দিয়ে ঘরের সীমানা দেয়া হবে। সেখানে বাঁশের কঞ্চি দিয়ে খুঁটি বানিয়ে দেয়াল দেয়া হবে কলাপাতা দিয়ে। উঠানের এক কোণায় নানু মোড়ার উপর বসে পান খাচ্ছেন। হাতে তাঁর লাঠি। অন্য কোণায় মামিরা ভাজা বাদামের খোসা ছাড়াচ্ছেন। খেলার ফাঁকে ফাঁকে আমরা বাদামের উপরও হামলা চালাচ্ছি। সেই বাদামের মজা এখনও মনে পড়ে।

এমন সময় নানু আমাকে তাঁর লাঠি উঁচিয়ে ইশারা করে ডাকলেন। আমি কাছে গেলাম। কানের কাছে এসে ফিসফিস করে বললেন

'আমার ঘরে যাও। টেবিলের উপরে পানের বাটা আছে। বাটার ঢাকনাতে দুইটা কলিজা রাখা। কবুতরের কলিজা। তোমার জন্যে রেখেছি। চট করে গিয়ে খেয়ে এসো।'

আমি হা করে তাকিয়ে রইলাম। আপনি যা ভাবছেন তাই। আমি নানুর কথা বিশ্বাস করলাম না। আবার জিজ্ঞেস করলাম

'সত্যি সত্যি কবুতরের কলিজা রেখেছেন নানু?'

'দুপুরের খাবারে কবুতরের ঝোল ছিলো। সবসময় তো আমিই খাই কলিজাটা। তুমি বেড়াতে এসেছো, তোমার জন্যে নানু কিছু করতে পারি না। বুড়ো হয়েছি। খাবারের সময় হলে একা একা খাই। কাউকে পাই না আশেপাশে। ছেলে তার বউয়ের সাথে বসে খাবার খায়। বড় একলা লাগেরে নানু। বুড়ো হবার আগেই মরে যাওয়া ভালো। তুমি যাও, কলিজাটা খেয়ে আসো। আমি খুশি হব।'

'আচ্ছা যাচ্ছি।'

আমি দৌড়ে নানুর ঘরে গিয়ে দেখি সত্যি সত্যি বাটার উপরে কলিজা রাখা। মুখে নিয়ে দ্রুত চিবোতে যেয়ে বুঝলাম গলা ধরে

এসেছে। কান্না পাচ্ছে। নানুর প্রতি গভীর শ্রদ্ধাবোধে আমার দু'চোখ ভিজে গেলো। নিজেকে এক মুহূর্তের জন্যে পৃথিবীর সবচেয়ে বড় ভাগ্যবতীদের একজন মনে করলাম। সেদিন থেকে আমার জগতের সবচেয়ে প্রিয় মানুষ হলেন নানু। জানি না শুধু ওই ছোট্ট ঘটনার জন্যে কি-না। আমি আগে ভাবতাম নানু ভালোবাসেন না। সেদিন তা ভুল প্রমাণিত হলো। এবং মনেপ্রাণে বিশ্বাস করলাম আমার নানু পৃথিবীর সবচেয়ে ভালো মানুষ।

আমি ঢাকায় আসার কিছুদিন পরে তিনি মারা গেলেন। আম্মু ফোন করে অবুঝ বাচ্চাদের মত কাঁদতে লাগলো। আমি শুধু শুনে রইলাম। একবারের জন্যেও আমার চোখ ভিজলো না। কান্না পেলো না। নানুর গত হওয়া ঘটনা খুব সাধারণ মনে হলো। যেন মৃত্যু কী এমন বিষয়। আমি স্বাভাবিক গলায় আম্মুকে সান্ত্বনা দিলাম 'কাঁদবা না আম্মু। আজকে থেকে আমাকে মা ডাকো। আমি তোমাকে মায়ের মত আদর করবো।' আমার কথায় আম্মুর কিছুই হলো না তবু মনে হলো এটাই করা উচিত এখন। তাছাড়া মৃত্যু শোকে কাতর মানুষকে কিভাবে সান্ত্বনা দিতে হয় আমি জানি না।

এত ভালোবাসলাম যেই মানুষটাকে তার মৃত্যুতে এক ফোঁটা চোখের পানি এলো না। বরং স্বাভাবিক ছিলাম। নিজেকে কঠিন হৃদয়ের মানুষ মনে করার এই একটা উদাহরণ। শোক সামলে নেয়ার মোটামুটি দক্ষ ক্ষমতা আমার আছে। মৃত্যুশোক ছাড়াও মানুষ আরও অনেকরকম শোক সামলায়। আচ্ছা আপনাকে কি কখনো কেউ বাসা থেকে বের করে দিয়েছে? কথার কথা হিসেবে বের হয়ে যেতে বলা না। সত্যি সত্যি তল্পিতল্পাসহ বের করে দেয়া। বাঙালি বাবা মা তো আজকাল কিছু হলেই কড়া গলায় আর রাগের মাথায় 'বের হয়ে যাও। এই ঘরে তোমার জায়গা নেই। এক্ষুণি দূর হও আমার সামনে থেকে'। বলে রাত হলেই টর্চ বা হারিকেন নিয়ে খুঁজতে বের হন। খুঁজে পাবার পর সহজ গলায় মাথায় হাত বুলিয়ে বলেন 'চলো বাবা বাসায় যাই। একসাথে খেতে বসবো।'

কিন্তু আমার সাথে এরকম ঘটেনি। আমাকে সত্যি সত্যি বাসা থেকে বের করে দেয়া হয়েছিলো। কেন জানেন? আমি একটা নুডলসের প্যাকেট কিনেছিলাম তাই।

আপনাকে ঘটনাটা খুলে বলি। তাহলে আরও একবার বুঝবেন আমি কষ্ট সামলে উঠতে পারা একটা অসাধারণ মেয়ে।

ঢাকাতে আমি থাকি বোনের বাসায়। আমি আমার আপুকে নিজের চেয়েও বেশি ভালোবাসি। অন্তর্মুখী স্বভাব হবার অপরাধে আপুকে কখনো এই কথা বোঝাতে পারবো না। সে কখনো জানবে না তার জন্যে আমি কতটা জায়গা ভেতরে রেখে দিয়েছি।

প্রতি ইদে আমার দুলাভাই গ্রামে যান তার মা বাবার সাথে ইদ করতে। বাচ্চারা আর আপু থাকেন ঢাকাতে। আপু ইচ্ছা করেই গ্রামে যান না। শ্বশুরবাড়ির সাথে তার পারিবারিক দ্বন্দ্ব আছে। জগতের সব বউদেরই বোধহয় থাকে। কুরবানীর ইদ। বাড়ি থেকে আমাকে আম্মা বাবা চাপ দিচ্ছে বাড়ি যাবার জন্যে। বাবা ধমকের সুরে বারকয়েক ফোন করে বলেছেন 'পৃথিবীর সব চোর, বাটপার, চামার, কুলি এবং রিকশাওয়ালাও ইদের সময় বাড়িতে যায়। বাবা মার সাথে ইদ করে। তুমি কোথাকার কোন গর্ভনর হয়েছো যে তোমাকে ঢাকাতেই ইদ করতে হবে। তুমি আর কখনো আমার সাথে কথা বলবা না খবরদার। এই আমি ইস্তুফা দিলাম তোমাকে।' তারপর আবার ফোন করে একই কথা বলেন। কিন্তু আমি বাড়ি গেলাম না। আমার বোনটা একা একা বাচ্চাদের নিয়ে ইদ করবে এটা আমি নিতে পারবো না। বাবাকে আমি বোঝাতে পারলাম না কেন আমি বাড়ি যাচ্ছি না। আম্মা বুঝলো। তিনি শেষমেশ বাবাকে বোঝালেন।

যাহোক, ইদের দিন সকালে উঠে দেখলাম অনেকরকম মজার মজার খাবার রান্না হয়েছে। আমি কী মনে করে যেন আপুকে বললাম

'আপু নুডুলস রান্না করেছো? আমার নুডুলস খেতে ইচ্ছে করছে।'

আপু কঠিন মুখে জবাব দিলো,

'এতকিছু থাকতে তোমার যদি নুডুলস খেতে ইচ্ছা করলে তুমি নিজে কিনে এনে খাও।'

আমার মন খারাপ হবার কথা এমন ব্যবহার শুনে। কিন্তু আমি কিছু মনে করলাম না। আজ ইদ। আজ আনন্দের দিন এবং মন ভালো রাখার দিন। আমি কাপড় বদলে দোকান থেকে নুডুলস নিয়ে এলাম। কথায় আছে, কারো যদি মন বা মেজাজ খারাপ থাকে সে চেষ্টা করে সেই রাগ অন্যের ওপর ওঠাতে। এবং বেশিরভাগ সময়ে সে সফল হয়। আপু সফল হলো। নুডুলসের প্যাকেট দেখে সে মুহূর্তেই চটে গেলো।

'তোকে নুডুলস আনতে বললাম আর তুই নিয়ে এলি?'

আমি সহজ গলায় বললাম

'তুমিতো বললে এনে খেতে। আমি ভাবলাম বাসায় নেই তাই।'

'নিজেকে কি ভাবিস? অনেক বড় কিছু?'

'তুমি এভাবে কেন কথা বলছো?'

'তোকে সালাম করে কথা বলার তো কোনো কারণ দেখছি না। আমি কি ফকির? আমি কি একটা নুডলসের প্যাকেট আনতে পারি না ভেবেছিস?'

'আমি তো এরকম কিছু ভাবিনি।'

'আমার বাচ্চাদের বাবা বাসায় নেই। তুই নিজেকে লাট বাহাদুর মনে করে নিজের টাকা খরচ করে আনবি আমার বাসায় আর আমি চুপ করে থাকবো?'

আমি অবাক হয়ে আপুর চোখের দিকে তাকিয়ে রইলাম। কী বলবো কিছু খুঁজে পেলাম না। কেন আপু এমন করছে? আমার ভুলের কারণে? দোকান থেকে ছোট্ট কিছু কিনে আনা নিশ্চয়ই ভুল না। আমি আগেও

অনেক কিছু এনেছি, সে এভাবে কখনো কথা বলেনি। আমার প্রচণ্ড ভয় লাগতে লাগলো। প্রচুর পানির তৃষ্ণা পেলো। এক গ্লাস পানি খেতে পারলে হয়তো ভয়টা কমতো।

আপু চুপ করে থাকেনি। আমার সমস্ত বই, ব্যাগ, কাপড় যা যা ছিলো সব ছুঁড়ে গেটের বাইরে ফেলে দিলো এবং চিৎকার করে করে বলতে লাগলো 'এই মুহূর্তে তুই আমার বাসা থেকে বের হ! তোকে আর এক সেকেন্ডও আমি চোখের সামনে দেখতে চাই না।'

আমি কিছু বুঝে ওঠার আগেই দেখলাম আমি রাস্তায় দাঁড়িয়ে। আশেপাশের মানুষ জড়ো হয়ে গেলো। আপুর বাচ্চারা অনবরত কাঁদছে। তারা খুব অসহায় বোধ করছে এই মুহূর্তে। এমন খারাপ পরিস্থিতি বাচ্চারা নিতে পারে না। তাদের মস্তিষ্কে চাপ পড়ে। আমি শব্দ করতে পারলাম না চেষ্টা করেও। আমার উচিত কান্না করে হালকা হওয়া। তারচেয়ে জরুরি বিষয় এখন কী করবো তার সিদ্ধান্ত নেয়া। ইদের দিন সেমাই মুখে দেয়া হলো না। আপুর হাতের গরুর মাংস আমার খুব পছন্দ। খাওয়া হলো না। পেটেও ক্ষুধা। কী করা উচিত বুঝতে পারছি না।

ব্যাগে কোনরকম কিছু কাপড় নিয়ে হাঁটতে হাঁটতে রাস্তায় এলাম। রঙিন জামাকাপড় পরে ছেলেমেয়েরা হেঁটে যাচ্ছে। তাদের মুখে রাজ্যের আনন্দ। আমার নিজেকে খুব অসহায় মনে হতে লাগলো। জন্মের পর সেদিনই প্রথম আমি ভীষণ অসহায়বোধ করলাম। সারা পৃথিবীকে বলতে ইচ্ছে করলো, 'জানেন, আমার বোন আমাকে বাসা থেকে বের করে দিলো। নামাজে কান্নাকাটি করে আল্লাহর কাছ থেকে সে-ই আমাকে চেয়ে এনেছিলো। মাই লাভলি সিস্টার আমাকে আজকে ঘরছাড়া করে দিয়েছে।'

একটা আধপাগল ভিক্ষুক এসে হাত পেতে বললো 'এক্সকিউজ মি, পাঁচ টাকা হবে?'

আমি অসহায় চোখ নিয়ে তার দিকে তাকিয়ে রইলাম। এলোমেলো চুল তার চেহারা ঢেকে দিয়েছে। পরনে সুন্দর জামা। আজকে ইদ। আজ তো নতুন জামা পরবেই।

আমার কোনো সাড়া না পেয়ে সে চলতে শুরু করলো। ইচ্ছে হলো তাকে ডেকে বলি

'আমাকেও তোমার সাথে নিয়ে চলো। আমার বোন আমাকে বাসা থেকে বের করে দিয়েছে। আমার যাবার কোনো জায়গা নেই আজ।'

আমি যদি কবি হতাম। কিংবা ভালো গদ্য লেখক হতাম তাহলে লেখাটার শিরোনাম হতো 'আজ আমার কোথাও যাবার নেই।'

আশ্চর্য কি জানেন? আমি সেদিন এক ফোঁটাও কাঁদলাম না। শব্দ হলো না হেচকি তোলার বা হাউমাউ করে কাঁদার। আমি শক্ত হয়ে পরম রহস্যের এই পৃথিবীর বুকের উপরে আত্মবিশ্বাসী হৃদয় নিয়ে হাঁটতে লাগলাম। গন্তব্য না থাকা মানুষদের ঠিকানা খুব কাছেই থাকে। কিন্তু সে জানে না সে ঠিকানা কোথায়।

আমার সেই করুণ গল্পের একটা চমৎকার ইতি আমি টেনেছি। এজন্যই বললাম আমাকে অসাধারণ মেয়ে ভাবতে আপনি বাধ্য। চমৎকার গল্পটা কি আপনি শুনতে চান? অবশ্য চাইলেও সম্ভব না। গল্পটা বললে আপনি আমার দুর্বলতা সম্পর্কে জেনে যাবেন। আরেকটা কথা আবার বলি, কাউকে শতভাগ শুদ্ধ ভালোবাসা দিলে তা ফেরত পাওয়া যায় না। অনেকসময় তা অবহেলারূপে ফিরে আসে। উদাহরণসহ ব্যাপারটা আপনাকে বুঝিয়ে বললাম।

আজ রাখি। ভালো থাকবেন।

শেকল এবং সে

গুলশান এলাকার সবচেয়ে দামী রেস্টুরেন্টের নাম 'ভিলেজ'। এখানকার মহিলা মালকিন সপ্তাহে দুইবার কর্মীদের হুঁশিয়ার করেন আর মাসে একজন করে ছাটাই করেন। তার কঠোর মেজাজ আর নিয়মকানুনের জন্যে প্রতিজন কর্মী তাকে ভীষণ ভয় পায়। এই ভয় পাওয়ার তীব্রতা বোঝাবার জন্যে তাকে বাঘের সাথে তুলনা করা যেতে পারে। 'রাজিয়া সুলতানাকে রেস্টুরেন্টের প্রত্যেকেই বাঘের মত ভয় পায়।' বললে ঠিক থাকবে। পাবেই তো। চাকরির বাজার বড় কঠিন ঢাকা শহরে। একবার হারালে বড় মুশকিলে পাওয়া যায় আরেকটা চাকরি। ভয় না পেয়ে উপায় কী?

ম্যানেজিং স্টাফদের একজনের নাম রাজু। কোনো এক অদ্ভুত কারণে রাজিয়া সুলতানা ম্যাডাম রাজুকে খুবই পছন্দ করেন। স্নেহের নজরে দেখেন। কাজের চাপ দেন না এবং সপ্তাহে দুদিনের ওয়ার্নিং লিস্টে রাজুর কখনো নাম থাকে না। রাজু ক'মাস ধরে মাসে এক দুবার ছুটি নিয়ে গ্রামের বাড়ি যাচ্ছে। রাজিয়া সুলতানা গ্রামের বাড়ি যাবার কারণ খতিয়ে বের করে জানতে পারলেন ও বিয়ের জন্যে মেয়ে দেখতে গ্রামের বাড়ি যান। পছন্দ হয় না বলে বাতিল করে চলে আসতে হয় তাকে।

এই খবর পাবার পর থেকে রাজুকে তিনি চোখে চোখে রাখেন। তার ধারণা সুদর্শন যুবকদের একটা ছোটখাটো তালিকা তৈরী করা হলে সেখানে ওর নাম থাকবেই। রাজুকে মূলত তিনি আত্মীয় বানাতে চান। এই খবর ওকে নিজ মুখে দিবেন। সেদিন ডিউটি শেষ হবার পর রাজুকে রুমে ডেকে পাঠালেন রাজিয়া সুলতানা।

'তুমি ঘনঘন বাড়ি যাচ্ছো শুনলাম। কেন জানতে পারি?'

রাজু কারণ বলতে গিয়ে লজ্জায় নিচু হয়ে গেলো।

'বাবা বিয়ে করার জন্যে চাপ দিচ্ছে। পাত্রী দেখতে যেতে হয় ম্যাডাম।'

খুবই ভালো কথা। তা পাত্রী কি তোমার পছন্দ হয়েছে?'

'যে ক'জনকে দেখলাম সবই বাদ পড়েছে। কাউকে পছন্দ হয়নি।'

রাজিয়া সুলতানা নড়েচড়ে বসলেন। এবার তিনি তার মূল বক্তব্য নিয়ে নিশ্চিন্তে এগোতে পারবেন।

'বিয়ের জন্যে পাত্রী পছন্দ হচ্ছে না এ তো বড়ই আফসোসের খবর। শোনো রাজু, তোমাকে আমি স্নেহ করি। চারদিক এখন ফ্রড মানুষে ভরে গেছে। তোমাকে একজন শুদ্ধ যুবক মনে হয় শুরু থেকেই। এবং যে কদিন দেখেছি তুমি তা-ই। তোমার জন্যে আমি পাত্রী খুঁজবো ভাবছি। আপত্তি নেই তো তোমার?'

এমন কিছু শুনবে ভাবেনি সে। হকচকিয়ে গিয়ে এলোমেলো করে বলতে শুরু করলো,

'আমার জন্যে পাত্রী দেখবেন আপনি নিজে? এ আমার সৌভাগ্য ধরে নিতে হবে। নিজেকে বিশ্বাস করাতে কষ্ট হচ্ছে। কী বলছেন ম্যাম।'

আমতা আমতা করতে থাকা গলায় ভয়ের বাঁধ পড়ে যাচ্ছে রাজুর। তবু সাহস এনে কথা বললো। ভেতরে ভেতরে খুশিই হলো বোঝা যাচ্ছে।

'আরে বোকা। আমি তোমাকে স্নেহ করি। তোমাকে শুরু থেকে লক্ষ্য করে দেখেছি তুমি ভালো ছেলে। প্রথমেও তো একবার বললাম। যদিও কারো ভালোটা তার সামনে বলতে হয় না। শোনো, আমার এক দুঃসম্পর্কের ভাই আছে যার একটি মাত্র মেয়ে। মেয়েটির জন্যে পাত্র খোঁজা হচ্ছিলো। হঠাৎ তোমাকে মনে পড়লো। বিয়ে করলে তোমরা সুখী হবে।'

রাজু ঘামতে শুরু করলো। অস্বস্তিতে লজ্জায় তার নাজেহাল অবস্থা। রাজিয়া সুলতানা যখন জানতে চাইলেন কোনো আপত্তি আছে কি-না, সে মাথা নিচু করে কেবল ঘাড় নেড়ে জবাব দিলো 'কোন আপত্তি নেই'। অমন এক মুহূর্তে কেউ-ই তাদের এই কথোপকথন দেখে ভাববে রাজিয়া সুলতানাই বুঝি রাজুর অভিভাবক।

খুব বেশি আয়োজনের দরকার পড়লো না। জনবিশেক মানুষের উপস্থিতিতে বিয়ে হয়ে গেলো রাজুর। বাবা-মা গ্রামেই রইলেন। হাতে অত অল্প সময় ছিলো যে, কাউকে আর ডাকার সময় পাওয়া হয়নি। সবচেয়ে জরুরি যে ব্যাপার তা হলো, রাজিয়া সুলতানা Village রেস্টুরেন্ট বিক্রি করে দিয়ে চলে যাচ্ছেন কানাডায়। একেবারের জন্যে। তিনি যাবার আগে বিয়েতে উপস্থিত থাকতে চান। এই তাড়াহুড়োতে বাবা মাকে আর কিভাবে ডাকা যায়! তবে রাজুর ইচ্ছে ছিলো বড় করে আরেকবার অনুষ্ঠান করা। তাহলে গ্রামের আত্মীয়রা আসতে পারবে। বাবা এরকমটাই পছন্দ করবেন। কিছু আর হলো না।

বিয়ে একাই সম্পন্ন করলো রাজু। নিজেকে দায়িত্বশীল মনে হতে লাগলো একটু একটু। বিয়ের মত বড় দায়িত্বের ভার সে হাতে তুলে নিচ্ছে, সে কি দায়িত্বশীল হচ্ছে না? এরপর আসবে সংসার। সংসার মানেই এক গতিহীন পথ, অনন্ত এবং মেয়াদবহুল।

বাসাবো এলাকার পাটোয়ারী গলি নামের একটি জায়গায় মুক্তাদের বাসা। এক ভাই, বাবা আর সৎ মা'র সাথে মুক্তার বসবাস। অর্থনৈতিক টানাপোড়ন কাঁধে নিয়ে সংসার চালাতে হচ্ছে বাবাকে। স্ত্রীর আগের সংসারের দুই মেয়েকেও তো ভরণপোষণ দিতে হচ্ছে। মুক্তার এই সংসার ভালো লাগে না। নিজেকে বন্দী লাগে। যতক্ষণ সে স্কুলে থাকে ততক্ষণই যেন মুক্তি। যেন শান্তি। বাসায় ফিরলে দ্বিতীয় মায়ের অযথা শাসন, বাবার চোখ রাঙানো ধমক আর মেপে রাখা সব কাজের ভার সহ্য করতে তার কষ্ট হয়।

পরের জন্মের সুযোগ থাকলে সে পাখি হতো। খুব উড়তে ইচ্ছা করে তার। পাখি আর মানুষের এই-ই ফারাক। মানুষ উড়তে জানে না। আকাশে একদম স্বাধীন হয়ে যে পাখিরা উড়তে পারে, তাদের জীবন কতই না আনন্দের। বাবার প্রতি খুব রাগ হয়। সে কেন আবার বিয়ে করলো। দোকানে দোকানেই তো তারা ভালো ছিলো। মা'র চিকিৎসার জন্যে কুমিল্লার ওই গ্রামের বাড়ি, বাড়ির উঠোন, অথৈ পুকুর আর পুকুরভর্তি মাছ সব বেচে দিলো। তবু পুরো টাকা জমা করা গেলো না। ঢাকাতে মোটরবাইক ঠিক করার যেই দোকান বাবার ছিলো তারা শেষমেশ অসুস্থ মা'কে নিয়ে সেই দোকানে এসে উঠলো। বাড়িঘর তো নেই, থাকবে কিসে। মা'র কী অসুখ হয়েছিলো মুক্তার মনে নেই অত। তবে কঠিন অসুখ। মা ব্যথায় খুব যখন কাঁদেন তখন সে টের পায়। কঠিন অসুখ ছাড়া ব্যথায় কেউ কি অত কাঁদে?

মা মরে যাবার আগের কিছু স্মৃতি তার স্পষ্ট মনে পড়ে। ওসব স্মৃতি সুন্দর ছিলো, সতেজ আর সাজানো ছিলো। মা মৃত্যুর কোলে বসেছে, মরে যাবে যখন তখন। এত কঠিন অসুখে যে মা মরে যাবে কখনো সে টেরই পায়নি। কিংবা অতটুকু বয়সে আর মৃত্যুর ভাবার্থ বোঝার সময় হয়তো হয়ে ওঠেনি। মা প্রায়ই কাছে এনে জড়িয়ে ধরে জিজ্ঞেস করতেন,

'মাকে মনে পড়বে রে ময়না?'

মা'র এমন প্রশ্নে মুক্তা বিস্মিত হয়ে জবাব দেয়,

'মনে পড়বে কী করে, তুমিতো কোথাও যাবে না।'

'যদি কোনদিন চলে যাই দূরে কোথাও?'

'আমি আর মাজেদও তো যাবো তোমার সাথে। বাবাকেও তো নিবো।'

অতটুকু ময়না তো বোঝে না মা যেখানে যাবেন সেখানে কাউকে সাথে করে নেয়া যায় না। মা কাঁদতে শুরু করেন অত অল্পতেই। চোখের

কোণ বেয়ে পানি পড়ে ভিজে যাচ্ছে মা'র কাঁধ, বালিশ, বিছানা। তার ময়নার কথার উত্তরে সে আবার বলতে শুরু করেন,

'তোর বাবাকে কষ্ট দিস না যেন, মানুষটা আমার চিকিৎসা করাতে গিয়ে সব সম্পত্তি বেচে শেষে ফকির হয়েছে। মায়া হয় খুব তাঁর জন্যে। হ্যাঁরে, মা'কে কখনো ভুলে যাস না যেন। কেমন?'

আমি তো ভুলি না। তোমার সাথেই তো থাকি দেখো না? মাজেদ ভুলে যাবে। ও বাবার সাথে বাইরে যায়। বাবাও তোমাকে ভুলে যাবে মা। যাবে তো। না?'

মা আবার কাঁদেন। অসুখ হলে বুঝি চোখের পানি খুব কাছে এসে যায়। কথায় কথায় কাঁদতে হয়। মুক্তার মায়া বাড়ে মার জন্যে।

মাজেদের বয়স দু'বছর তখন। মুক্তার চার। বাইক সারাবার অর্ডার নিতে বাবাকে আর্মি ক্যাম্পে গিয়ে গিয়ে অর্ডার নিতে হয়। কাঁধে থাকে দু'বছরের পুত্র সন্তান। দু' বছরের এই পুত্র সন্তানকে সাথে রাখার যুক্তি হচ্ছে, ইদ্রিস মিয়া মনে করেন বাবার এই চরম দুঃখকষ্ট ছেলে প্রত্যক্ষভাবে দেখুক। শিখুক। যত গোড়া থেকে দুঃখের সাথে তার পরিচয় হবে, ততবেশি শক্ত হবে মন। ততবেশি বাড়বে সহ্য ক্ষমতা। লতাগুল্মের আঘাতে নয় কেবল, বিশাল বড় বটবৃক্ষের দাপটেও যেন কিছু না হয় কখনো। ইদ্রিস চায় তার ছেলে সেরকম হোক। ছেলেও হবে বৈকি। কথা না ফুটলেও হৃদয়ে মনোবল ঠিকঠাক ফুটেছে। মাঝে মাঝে তাকে বাবার কাজের সরঞ্জাম টানার চেষ্টা করতে দেখা যায়। দোকানের বিদ্যুৎ যদি চলে যায় হঠাৎ, বকাবকির সুরে চিৎকার করতে থাকে। এসবে ইদ্রিস খুশি হয়। সাহস পায়। ছেলেতো এই-ই শিখবে। শেখা উচিত।

বাবা যখন বাইরে যায় মুক্তাকে মা'র কাছে থাকতে হয় পাহারায়। মা'র স্তনে ক্যান্সার হয়েছে সে জানে না। শরীরে পচন ধরেছে। এই অসুখ ছোট্ট মুক্তা কখনো বুঝবে না।

ডাক্তার বলেছে ফাইনাল ক্যামো দিয়ে স্তন কেটে ফেলে না দিলে খারাপ কিছু ঘটতে পারে। যে মৃত্যু কিছুদিন পরে আসবার কথা, তা হয়তো নিকটে ঝুলে আছে।

ফাইনাল ক্যামো দিয়ে যেই অপারেশন করার কথা সেটা বাবা করাতে পারলেন না। ইদ্রিস মিয়া জানেন তার পক্ষে আর কোনোভাবেই চিকিৎসা চালানো সম্ভব না। মুক্তা আর মাজেদ মা'র পাশে বসতে চায় না আজকাল। শরীরে পচন ধরলে মাকেও আর চেনা লাগে না। পঁচা শরীরে কাউকে কখনো ভালবাসা যায় না। সে মা হলেও না। মা পঁচতে শুরু করলো যখন থেকে তারা কাছে যাওয়া বন্ধ করে দিল। পঁচে গেলে তো সে মা থাকে না, হয়ে যায় পঁচা শরীর।

মুক্তাকে নিয়ে ইদ্রিস মিয়া রিলিফের খাবার আনতে লাইনে দাঁড়িয়ে থাকেন ঘন্টার পর ঘন্টা। 'বাবা, রোদে মাথা পোড়ায় তো। চলো ছায়াতে যাই।' বলে বলে মুখে ব্যথা হয়তো হয় মুক্তার। বাবা নড়ে না। যেন সে শুনতেই পায় না কিছু। লাইন থেকে নড়লে খাবার নেয়া যাবে না। যতটুকু খাবার এখানে পাওয়া যাবে, ওটাই তিনজন বসে খেতে হবে। তাদের মৃত্যুপথযাত্রী মা'কে পাশে রেখেই। চোখের সামনেই ইদ্রিস মিয়া স্ত্রীকে কাতরাতে দেখলো। ব্যথায় চিৎকার করে কাঁদতে দেখলো। দেখলো বাকরুদ্ধ হয়ে যেতে। কিন্তু কিছুই করতে পারলো না। 'অর্থ' অনেক বড় একটি শক্তি। মানুষ চাইলেই কিছু প্রয়োজন এই অর্থের দেয়াল টপকে পূরণ করে ফেলতে পারে না। তাই আপন হয়েও ঠেলে দিতে হয় মৃত্যুর কাছে, অনিচ্ছার তীব্রতা সেখানে বাঁধা হতে পারে না।

মুক্তার মা মারা যাবার পর তারা কিছুদিন একা থাকলেন। কি জানি বাবা কী ভাবলেন। বাবার হয়তো মনে হতে লাগলো ছেলেমেয়ে মা হারা হয়ে বড় দুঃখী হয়ে বেঁচে আছে। এই দুঃখ কেবল মা হারানোর। সুতরাং এই দুঃখ আরেকটা মা এনে দিলে তবেই মিটবে।

দুই সন্তানের দুঃখ মোচন করতে ইদ্রিস মিয়া মা জোগাড় করে ফেললেন খুব অল্পদিনে। তিনি কি আসলে মা-ই জোগাড় করতে চেয়েছেন? নাকি একটা মানুষ নিঃসঙ্গ জীবনের যেই তিক্ততা আর ভয়াবহতা অনুভব করতে শুরু করেন তার ঔষধি হিসেবে আরেকটা মানুষকে সঙ্গী করে বেঁচে থাকতে চাওয়ার ইচ্ছাকে পূরণ করতে চেয়েছেন? কে জানে। একা বাঁচতে পারে এমন প্রাণী আর অন্য কেউ হোক, মানুষ তো হতে পারে না। এ সত্য অস্বীকারের অবকাশ কই।

'তোমরা আজ থেকে এখানে থাকবা। মুক্তা, মাজেদ শোনো, ইনি তোমাদের নতুন মা। ইনাকে মা ডাকবা। ঠিক আছে?'

দুই বাচ্চা মাথা উঠিয়ে শ্যামলা বর্ণের মহিলাকে দর্শন করলো।

বাবা নতুন বাসায় নিয়ে আসার পর মুক্তা যত না খুশি হয়েছে, নতুন মা'র কথা শুনে ততটাই আঘাত পেয়েছে। এই নতুন ঘর তার আর পছন্দ হচ্ছে না। মনে হচ্ছে দোকানের সেই কালিমাখা মেঝে ভালো ছিলো। যেখানে মা'র নিঃশ্বাসেরা আনাগোনা করে বলে মা'র গন্ধ পাওয়া যায়।

নতুন মাকে মা বলে ডাকার সহজ স্বীকারোক্তি মুক্তা দিতে পারলো না। এত সহজে 'মা' কী করে ডাকবে। নিজেকে কত সহজ করলে অনায়াসে আসল মাকে ভুলে থাকা যায় মুক্তা সেটাই ভাবছে। ঢেকে রাখা ঘাস ইটের চাপে পড়ে ধীরে ধীরে সাদা হয়ে যায়। সেই ইট উঠিয়ে নিলে পুনরায় ঘাস সবুজ হতে শুরু করে। সে সবুজ হতে পারবে কি-না ভাবছে।

কতবছর শেষ হলো। এভাবে ওভাবে সময় কেটে গেলো বহমান নদীর মত। ইদ্রিস মিয়ার দারিদ্রতা আত্মীয়দের কারো কখনো নজরে পড়েনি। কী ভেবে তার ওই দূরাত্মীয় বোন মুক্তার বিয়ের প্রস্তাব এনেছো কে জানে। পাত্র তো ইদ্রিস মিয়ার অত পছন্দ ছিলো না। মূলত ওই বোনের প্রতি বিশ্বাসের রুচি উঠে গিয়েছে বলেই আর তার আনা প্রস্তাব পছন্দ হলো না। এ তো স্বাভাবিক। কারো সাহায্য ছাড়া সব কঠিন সময়

পার করার পর হৃদয় লোহা হয়ে যায়। তখন আর বাকি পথ যেতে কাউকে দরকার পড়ে না।

মুক্তাকে শুধু একবার জিজ্ঞেস করা হয়েছে, 'ফুপুর দেখানো ছেলেকে যদি তোমার পছন্দ হয়ে থাকে তুমি হ্যাঁ করতে পারো। তোমার ওপরে কোনো জোর নেই।'

এটুকুতেই মুক্তা রাজি হয়ে গেলো। বিয়ের দিন নিজে নিজে সাজলো। জবুথবু হয়ে খাটের এক কোণায় বসে রইলো। দেখে কনে মনে হয় না। যেন বন্দীত্বের মুক্তির আনন্দের সাথে বাবাকে ছেড়ে থাকার ব্যথা মিশে একাকার হয়ে আছে কোথাও। তাকালেই চাহনি জুড়ে কেবল প্রত্যাশা ঠিকরে পড়ছে।

মুক্তার বিয়ে হলো তার নিজের পছন্দ করা বরের সাথে। রাজু। গুলশানের সেই রেস্টুরেন্টের ছেলেটা। প্রকৃতি হিসেব করে রাখেন কখন কী ঘটতে থাকবে, কিংবা বহমান স্রোতে তিনি কাকে কাকে ভাসাবেন নিজ হাতে। বাবুই পাখির মত ছোট্ট করে সংসার শুরু হলো রাজু আর মুক্তার।

কাজ থেকে ফিরেই ঘামে ভেজা শরীরে খাটে এলিয়ে দিয়ে রাজু নরম গলায় বলে চলে,

'ঘরের সব কাজ একাই করে নিও না তো। আমার জন্যে কিছু রাখবে। কী করছো শরীরটা দিন দিন। হ্যাঁ?'

'তুমিও যে বাইরে কত কাজ করো। আমি তোমাকে সাহায্য করি? অত দরদ দেখাতে হবে না, গোসল করে খেতে এসো।'

রাজু মুচকি হেসে চুপচাপ গোসলে যায়। যেন এত সুন্দর করে কখনো কেউ শাসন করে কথা বলেনি। বলার কথা না। ভালোবাসার যেই পবিত্রতা, রাজু তা স্পর্শ করতে পারে। ঢাকা শহরের মত বহুল ব্যস্ত শহরে মানুষ টাকার খোঁজে ব্যস্ত থাকে। এদের খুব কম মানুষ বেঁচে থাকে সুখে। তারা খোঁজে সুখ। যেন আর কোন প্রয়োজন মুখ্য না। সুখই

সব। একটু ভালো থাকার চেয়ে দামী তো আর কিছু নেই। রাজু আর মুক্তার ছোট্ট এই বাবুই সংসারে 'সুখ' জিনিসটার বিচরণ যেন অবাধ। আর কিচ্ছু চাই না তাদের।

বছর দশেক পেরুলো এর মাঝেই। রাজু একটু একটু করে টাকা জমিয়ে একটা ফ্ল্যাট কিনতে পারলো। অবিরত ভালো থাকার ভেতরে যেই শান্তি, তারা তা পেতে শুরু করেছে। শান্তিরও যে ডালপালা গজায়। ফল হয়, ফুল হয়। এই যে তারা ঘর কিনলো, রোজগার চলছে ঠিকঠাক, এসবকেই তো ধরা হয় ফুলফল। কেন কে জানে, কখনো কখনো গাছের ওপর ঝড় হয়। বড় কালবৈশাখী যেন। সব লণ্ডভণ্ড হয়ে যেতে থাকে চোখের পলকেই। সুখের যত মজবুত গাছই হোক, কোন কোন ঝড় তাকে মিশিয়ে দেয় মাটিতে।

এমনই কিছু হলো। ঝড় এলো। এক ঝড়েই রাজু নুয়ে গেলো। রাজু কি, মুক্তা আর রাজুর সারা সংসার নুয়ে গেলো। প্রথম প্রথম মুক্তার শরীরের অবনতি দেখা দিলো। শরীরের অবনতিতে বোঝা গেলো না সামনে কী অপেক্ষা করছে। তারপর দিন দিন অসুস্থ হতে থাকলো। শুরুতে ডাক্তার কিছুই জানাতে পারলেন না।

বায়োপসি করাতে নিয়ে যাওয়া হলো ইন্ডিয়ায়। সেসময় টাকা যোগাড় মানে বড় এক ধাক্কা। তবু এভাবে ওভাবে টাকার ব্যবস্থা করে চেকআপ করিয়ে ফিরলো। রিপোর্ট আসার পর জানতে পারলো কঠিন সেই অসুখের কথা। সেই অসুখ যা বংশ পরম্পরায় হবার কথা ছিলো না। মুক্তা তার মাকে হারিয়েছিলো যে অসুখের কারণে।

ক্যামোথেরাপি দেয়ার জন্যে রাজু টাকার যোগাড় করলো ফ্ল্যাট বিক্রি করে দিয়ে। প্রথমবারের টাকা কোনরকম ব্যবস্থা করা গেলেও পরেরবার আর করা গেলো না। মুক্তা আর রাজুর একটা সন্তান আছে। ওর মা মারা যাবার সময় ওর বয়স চার ছিলো।

মুক্তার সন্তানের বয়সও চার। কন্যা সন্তান।

সে অসুস্থ শরীর নিয়ে বাচ্চাকে আদর করতে পারে না ঠিকঠাক। তবু মায়ের আদর সন্তান অনুভব করে। মায়েরা চোখের চাহনিতেও আদর বিছিয়ে রাখতে জানে। বাবুর নাম রাখা হয়েছে চিত্রলেখা। মুক্তার ইচ্ছে ছিলো তার একটা মেয়ে হবে ঠিক উপন্যাসের নায়িকাদের মত। টানা চোখ, পুরু ঠোঁট, মেঘকালো চুল এবং দুধে আলতা ত্বক। যে দিনরাত পাশে বসে বসে পাখির মত কথা বলবে। যার কণ্ঠে কখনো কোনো ক্লান্তি থাকবে না। সারা পৃথিবীর মানুষ আকুল হয়ে থাকবে ওর গলার স্বর শুনতে। চিত্রলেখা এখন একটু আধটু কথা বলতে জানে। রাজুর ধারণা মায়ের চাহিদার পুরোটাই মেয়ের মধ্যে রয়েছে। তবে নাকটা খানিক বোঁচা। হঠাৎ করে কেউ তাকিয়ে ভাববে চাইনিজ বাচ্চা। খেয়াল করে তাকিয়ে যখন তার ডাগর চোখ দেখবে তখনই বিশ্বাস করবে সে বাঙালি।

চিত্রলেখা মায়ের পাশে সারাক্ষণ বসে থাকে। মা'র সাথে কথা বলে। 'হু' এর চেয়ে বেশিকিছু বলা হয়ে ওঠে না তার। কথা বলা তার অপছন্দ। খুব প্রয়োজনীয় হলে দু' এক শব্দ বলে সে মুক্তি নেয়। মুক্তা হাত দিয়ে বাবুকে স্পর্শ করে কথা শুরু করে,

'চিত্র, তুমি কি জানো আমি তোমাকে কতটা ভালোবাসি?'

'হু।'

'তুমি কি আমাকে ভালোবাসো?'

'হু।'

'আমি তোমাকে ছেড়ে গেলে তুমি কি কষ্ট পাবে?'

'হু।'

'আমার সাথে কথা বলতে ভালো লাগছে না চিত্র?'

'লাগছে।'

'চিত্র, সব মায়েরা তার সন্তানের জন্যে হৃদয়ভর্তি স্নেহ-মমতা আর ভালোবাসা নিয়ে আসেন। সারাজীবন সন্তানকে সেই ভালোবাসা দেয়া হয়। তোমার কপাল মন্দ। আমি তোমাকে বেশিদিন পাবো না। ভালোবাসার বেশিরভাগ অংশ আমাকে সাথে নিয়েই ফিরে যেতে হবে। খরচ করা হবে না। তুমি আমার উপর রাগ করো না মা আমার। ঠিকাছে? দূরে চলে গেলেও তোমাকে আমি ভালোবাসবো। বুঝেছো?'

মুক্তা জানে তার কথার কিছুই চিত্রলেখা বোঝেনি। তবু সব বুঝেছে এমন ভাব করে মাথা দুলিয়ে বললো 'হু'। মুক্তা আর কিছু বলতে পারে না। তার গলা ধরে আসে। স্বেচ্ছায় পৃথিবীর মায়া ছেড়ে যাবার ক্ষমতা মানুষকে দেয়া হয়নি।

তার খুব ইচ্ছা করে ক্যান্সারের মত এই বীভৎস ব্যাধিকে জয় করে সুস্থ একজন মানুষ হয়ে বাঁচতে। চিত্রলেখার মত চমৎকার একটি মেয়ে বাচ্চা তার আছে। মেয়েটা বড় হয়ে একটা রাজপুত্রকে ভালোবাসবে। বিয়ে করবে। মুক্তা সেই রাজপুত্রের হাতে মেয়েকে তুলে দেয়ার জন্যে থাকবে না। এই দুঃখ সে কোথায় রাখবে?

ঘুমে চোখ জড়িয়ে আসছে। মুক্তা স্বপ্ন দেখছে তার মাকে। মা ধবধবে সাদা শাড়ি পরে খাটে শুয়ে আছেন। তার চুল খোলা। চোখের নিচে গাঢ় কালির দাগ। কালির দাগে মাকে আরও সুন্দর লাগছে। বয়স কম কম দেখাচ্ছে। পাশ ফিরেই মুক্তার দিকে তাকিয়ে বললেন।

'এই পাগলী মেয়ে, তুই এত ভয় পাচ্ছিস কেন?'

মুক্তা ক্লান্ত গলায় বললো

'আমার কঠিন একটা অসুখ হয়েছে মা। আমি মারা যাবো। আর ভয় পাবো না?'

'না ভয় পাবি না। কারণ তোর কঠিন কিছু হয়নি। ডাক্তাররা অযথা ভয় দেখাচ্ছে। ওরা বদ। চিত্রলেখার তোকে দরকার এখন। তুই সুস্থ হয়ে যাবি। বুঝেছিস?'

'তুমি এত সহজভাবে কিভাবে বলছো মা?'

'আমি সত্যিই বেঁচে যাবো?'

মা কোনো উত্তর দিলেন না। পাশে ফিরে শুয়ে পড়লেন। এমন সময় দরজার শব্দ হলো। রাজু এসেছে। ক'দিন ধরে রাজুর সাথে ঝগড়া চলছে তার। তার ধারণা রাজু তাকে আগের মত যত্ন করছে না। এড়িয়ে যাচ্ছে। তাকে কিছু কঠিন কথা বলবে ভেবে রেখেছে মুক্তা। প্রথমে ভেবেছিলো কথাগুলো বলা সম্ভব না। এখন সম্ভব মনে হচ্ছে। অসুখে পড়লে অনেক কঠিন পরিস্থিতিও সহজ করে ভাবতে পারা যায়। তার আত্মবিশ্বাস ফিরে এসেছে। যে করেই হোক সে বাঁচবে। জীবনে কখনো কখনো কিছু মিরাকল ঘটে। সেরকমই হয়তো কিছু ঘটবে। মুক্তার জীবনে এর আগে একবার অদ্ভুত এক মিরাকল ঘটেছিলো। তার যখন ১০ বছর বয়স তখন বড় ফুপি তাকে একটা পুতুল কিনে দিয়েছিলো। সেই পুতুল কথা বলতে জানতো। জিনিস ধরে ধরে এখান থেকে সেখানে নিতে জানতো। একদিন স্কুল থেকে ফিরে দেখলো তার পুতুল চুরি হয়ে গেছে। কে নিয়ে গেছে কেউ জানে না। সে কোথাও রেখেছে কিনা তাও মনে করতে পারছে না। সারা ঘর তন্নতন্ন করে খোঁজা হয়েছে। পুতুল নেই। দুই দিন সে কিছু খেলো না। পুতুলের শোকে কাঁদতে কাঁদতে মুক্তার চোখ মুখ ফুলে গেলো। এর মধ্যে তার ফুপুর কাছে খবর চলে গেছে। ফুপুকে কাঁদো গলায় বললো

'আমার সুন্দর পুতুলটা চুরি হয়ে গেছে ফুপু। আমার সাথে আর কেউ কথা বলবে না।'

ফুপু হাসতে হাসতে বললো,

'আরে বোকা। কান্নার কী আছে। নতুন পুতুল কিনে দিবো তোকে। তুই ভুলে কোথাও ফেলে রাখিসনি তো? খাটের নিচে টিচে কোথাও রাখা কিনা দেখিস।'

কী আশ্চর্য! টেলিফোন রেখেই দৌড়ে খাটের নিচে গিয়ে দেখলো পুতুল খাটের নিচে পড়ে আছে। তাহলে চুরি হলো কী?

রাজুকে যে কথাগুলো বলবে তার একটি হলো 'স্ত্রীরা অসুস্থ হলে স্বামী যে সবসময় দ্বিতীয় বিয়ের চিন্তা করে রাখেন আমি জানি। আমার বাবাও করে রেখেছিলেন।

তুমিও ব্যতিক্রম নও। শোনো রাজু, আমার মৃত্যুর পর বিক্রি করে দেয়া এ ফ্ল্যাট ছেড়ে দিয়ে তুমি নতুন এক বাসায় উঠবে আমি জানি। শুধু নতুন বাসায় না, নতুন একজন মানুষের সাথে আমার মেয়েকে পরিচয় করিয়ে দিবে এবং তাকে শিখিয়ে দিবে মা ডাকতে। সে সুযোগ তোমার হবে না বলে আফসোস হচ্ছে রাজু। কারণ আমি মরে যাচ্ছি না। দ্রুত সুস্থ হচ্ছি। তুমি চাইলে আমার ক্ষতস্থানে হাত রেখে দেখতে পারো। শুকাতে শুরু করেছে জায়গাটা।'

কথাগুলো টানা বলতে হবে। এক গ্লাস পানি দরকার। গলা শুকিয়ে গেছে। মুক্তা কি রাজুকে ডেকে এক গ্লাস পানি চেয়ে নেবে? রাজুর চোখের দিকে তাকিয়ে তো কথা বলা যাবে না। ওই চোখে ডুবে আছে মুক্তার জন্যে আকাশ ছোঁয়া মায়া।

মুক্তা নড়েচড়ে উঠলো। রাজু ঘরে ঢুকেছে। তার কোলে চিত্রলেখা। বাবার গলা জড়িয়ে রেখেছে। দুজনের চাহনিতে যেন পৃথিবীর সমস্ত সুন্দর দৃশ্য এসে আটকে গেছে।

এই আকাশ এই মেঘ

সুহানার কী যেন হয়েছে। কী হয়েছে সেটা স্পষ্ট করে বলতে পারছি না। ধরতেও পারছি না। আপন বোন না হয়ে যদি আমরা দূর সম্পর্কের কোন আত্মীয় হতাম তাহলে হয়তো জিজ্ঞেস করে মুহূর্তেই বের করা যেতো তার কী হয়েছে। হয়তো সহজে বলেও দিতো। এখন সেটা সম্ভব না। কারণ রাত-দিন আমরা বাঘ আর মহিষের মত থাকি দু'জন। 'কেউ কাউকে পছন্দ করি না' ভাব নিয়ে দিনের পর দিন একই খাটে একই ছাদের নিচে থেকে যাচ্ছি। এ কারণেই কেউ কারো ব্যাপারে কিচ্ছু জানতে পারি না।

এখন রাত কটা বাজে কে জানে। আমি জানালা খুলে আকাশের দিকে চেয়ে আছি। পূর্ণিমা নেই জানি। অকারণে চাঁদের আলো খোঁজার চেষ্টা করছি। সুহানা ঘুমাচ্ছে। গভীর ঘুমে নিমগ্ন। ঘুমালে কেমন বাচ্চার মত দেখায় মেয়েটাকে। যেন রোম সম্রাজ্যের রাজকুমারী পরম শান্তিতে চোখ বুজে পালকের বিছানায় ঘুমে অচেতন। আমার ধারণা সুহানা আর ট্রয় নগরীর হেলেনকে পাশাপাশি রাখলে নিঃসন্দেহে বিচারক সুহানাকে বেছে নেবে। রূপবতী মেয়েরা ঘুমালে নাকি তাদের প্রকৃত সৌন্দর্য্য বোঝা যায়। সুহানা প্রকৃত সুন্দরী এতে কোন ভুল নেই। ওর ঘুমন্ত বন্ধ চোখের আড়ালেও যেন চোখের মণি জ্বলজ্বল করছে। আলোর আভা ছিটকে এসে অন্ধকার ঘরকে আলোকিত করে দিতে চাইছে। আমি মোবাইলের আলো জ্বালিয়ে বোনকে দেখছি। লেখালেখির কাজে আমাকে প্রায়ই রাত জাগতে হয়। রাত জেগে লিখি আর রাতের সাথে গল্প করি।

এক জীবনে মানুষ কতরকম গল্প সাজাতে পারে? সব গল্প কি বলা হয় কাউকে? নিজের ভেতরেই হয়তো রয়ে যায় শত শত না বলা গল্পেরা। একসময় তারা হয়ে আকাশে চলে যেতে হয়। রাতের আকাশের প্রতি আমার একরকম আকর্ষণ কাজ করে। বিশালতাই কি সবসময় টানে

আমাদের? আকাশ বিশাল। কিন্তু এই বিশালতা নিয়ে তার কোন অহংকার নেই। অথচ মানুষ অতি ক্ষুদ্র প্রাণী হয়েও তাদের অহংকারের শেষ নেই।

রাতের সাথে গল্প বোধহয় জমলো না ভালো করে। কখন ঘুমিয়ে পড়েছি খেয়াল নেই। ঘুমে এক অদ্ভুত স্বপ্ন দেখলাম। সুহানাকে নিয়ে স্বপ্ন। কালো এক বিশালদেহী লোকের সাথে গল্প করতে করতে সে ফুটপাত ধরে হাঁটছে। লোকটার চেহারা বিদঘুটে। অতিরিক্ত কালো চেহারায় হলুদ দাঁত স্পষ্ট। হাঁটতে হাঁটতে ওই লোক সুহানার কাঁধে হাত রাখছে। একটু পর পর এদিক ওদিক কী যেন দেখাচ্ছে। দালানের সাইনবোর্ড। বিদ্যুতের তারে কাক। এসবও দেখাবার জিনিস?

সুহানা লোকটার সাথে স্বাভাবিক আচরণ করছে। চোখেমুখে আনন্দ যেন ছিটকে বেরুচ্ছে। হাঁটতে হাঁটতে তারা দু'জন আমার সামনে এসে পড়লো।

'আরে আপা। তুই এখানে? খুব ভালো হয়েছে তোর সাথে দেখা হয়ে গেলো।'

'তোর পাশে উনি কে?'

'এই জন্যেই তো বললাম দেখা হয়ে ভালো হয়েছে। ওর নাম কামাল। আজ আমরা কোর্ট ম্যারেজ করতে যাচ্ছি। আজ আমার বিয়ে আপা। মা বাবা কে বললে তারা কামালকে মেনে নেবে না। তোকেও বলার সাহস পাইনি। এমন সময়ে তুই সামনে পড়লি, এখন তুই-ই আমার একমাত্র অভিবাবক।'

আমি আকাশ থেকে পড়ার কথা। এই মেয়ে বলে কি। খাটাশ চেহারার মধ্যবয়সী এই লোকের সাথে সে ইটিশপিটিশ করেছে তো করেছেই, আবার তাকে বিয়েও করে ফেলছে পালিয়ে। ওই লোক আবার বিনয়ী ভাব নিয়ে বেড়াল চোখে তাকিয়ে আছে আমার দিকে। কী করা উচিত এখন?

মধ্যবয়সী কামাল বেড়াল আমাকে লম্বা সালাম দিলো। ব্যাটার গলার স্বরও বেড়ালের মত। চিউ চিউ করছে কথা বলার সময়। আমার বোন এই লোককে বিয়ে করবে কেন। কী পেলো এর কাছে? ভালোবাসা মানুষের সাথে এ কেমন খেলা খেলে? শান্ত স্বরে বললাম,

'আমার মনে হয় তোদের আরেকটু ভাবা উচিত। বাবাকে জানালে বাবা হয়তো কঠিন করে দেখবে না। একটু রাগ করলেও পরে ঠান্ডা হয়ে যাবেন। আজই বিয়ে করে ফেলার কী দরকার। কামাল সাহেবকে আমার পছন্দ হয়েছে। ভদ্র ছেলে। আজ তুই বাসায় চল। বাবার সাথে আমি কথা বলে একদিন উনাকে বাসায় আনার ব্যবস্থা করবো।'

'আপা! সত্যি করবি তো? আমারো পালিয়ে বিয়ে করার ইচ্ছা ছিলো না। কামালও না করেছে। ভাবলাম বিয়েটা হয়ে গেলেই বাবা রাজি হয়ে যাবেন। আচ্ছা চল বাসায় যাই।'

কামালকে সে কানে কানে কী যেন বললো। বেড়ালটা চিউচিউ করতে করতে 'আচ্ছা ঠিকাছে।' বলে উল্টো দিকে হাঁটা দিলো। আমি অবাক হলাম সুহানার মুহূর্তে মত বদলাবার ক্ষমতা দেখে।

এতক্ষণ সময় যাবার পর খেয়াল করলাম আমার বোনকে বউ বউ লাগছে। কপালে লাল টিপ। ঠোঁটে গাঢ় লাল লিপস্টিক। চোখে টানা কাজল। মায়ের আলমারি থেকে গোপনে সরানো জামদানি শাড়ি পরে সে বিয়ের জন্যে সেজেছে। অপূর্ব লাগছে।

আমি মুগ্ধ হয়ে বোনকে দেখছি। চোখ সরাতে পারছি না। আল্লাহ কি তাঁর রূপের ভাণ্ডারের সব রূপ সুহানাকে দিয়ে দিলেন? আমার বোনটা এত সুন্দর কেন। এসব ভাবতে ভাবতে ভেতরে শান্তি অনুভব করলাম। আকাশজুড়ে সাদা মেঘ। মনে হচ্ছে এক্ষুণি সব তুষার হয়ে ঝরবে। মানুষের জীবনের সাথে আকাশের একটা ঘোর সম্পর্ক থাকলে ভালো হতো। যেমন মানুষ যখনই আনন্দে থাকবে আকাশকে তা বলা মাত্রই

সে মেঘ ঝরাতে শুরু করবে তুষারের মত। আনন্দের বহিঃপ্রকাশ স্বরুপ। আবার দুঃখের ব্যাপারেও এক ব্যাপার ঘটবে। মানুষ কষ্ট পেলে

তা দ্রুত কমানোর জন্যে আকাশের কাছে সাহায্য চাইবে। আকাশ বৃষ্টি হয়ে ঝরতে ঝরতে মানব হৃদয়ের সমস্ত কষ্ট মাটির সাথে মিশিয়ে দিবে।

গভীর ঘুমে আমি তলিয়ে আছি কে জানতো।

'আপা। আপা। ওঠ। দারুণ খবর আছে তোর জন্যে।'

সকাল সকাল দারুণ খবর কী হতে পারে বোঝার জন্যে বিছানা ছেড়ে উঠতে উঠতেই মনে হলো আমি তো ভয়ংকর একটা স্বপ্ন দেখেছি রাতে। কি যা তা দেখেছি তা মনে করতেই একবার কেঁপে উঠলাম। সব বাদ দিয়ে জানতে হবে দারুণ খবরটা কী।

জিজ্ঞেস করতেই খুশিতে গদগদ করতে করতে সুহানা বললো

'তোর জন্যে পাত্র দেখা হচ্ছিল এতদিন। বাবা মা তোকে জানতে দেয়নি।

আজ তারা দেখতে আসবে তোকে। ঝটপট তৈরী হয়ে নে। তোকে আমি সাজিয়ে দেই আপা?'

আমাকে জানানোই হলো না কেউ আমাকে দেখতে আসবে। এই অদ্ভুত ব্যাপারটা বাবা কী করে ঘটাতে পারলো ভাবতেই রাগ লাগছে।

নিজস্ব একটা প্রেমিক না থাকার এই এক অসুবিধা। বাবা মা যখন তখন ধরে বিয়ে দিতে পারে। মনের বিরুদ্ধেই তৈরী হলাম। শাড়ি, চুড়ি, টিপ, আলতা পরে 'কন্যা' সাজ ধরলাম।

ছেলেপক্ষ আসার কথা সন্ধ্যার পর। কিন্তু তারা বিকেল পাঁচটার মধ্যেই চলে এলো। মনে মনে ভাবছি আর লজ্জা পাচ্ছি। লোকের বোধহয় বিয়ে করার খুব তাড়া। তাড়া না হলে সময়ের আগে কেউ মেয়ের বাড়িতে উপস্থিত হয় নাকি। বিয়ে হলেও কথা ছিলো। মেয়ে দেখতে আসবে কেবল।

আগে থেকেই ধরে রেখেছি অসহ্য একজন মানুষ হয়তো হবে। যার চেহারা হবে বোকা বোকা। স্কুলের অঙ্কের শিক্ষকের মত। ধারণা পাল্টে

গেলো। প্রথম দেখাতেই আমি মুগ্ধ হয়ে গেলাম। লোকটার বড় বড় চোখ। চোখের ভেতরে একটা মায়ার কূপ বোধহয় লুকানো। ঘন কালো চোখের পাতা। তাকালেই ইচ্ছে করবে সেই মায়ার কূপে ডুবে যেতে।

কথাবার্তার পর আমাদেরকে একটা আলাদা ঘরে বসতে দেয়া হলো। কিছুক্ষণ নিজেরা কথা বলার সুযোগ নিতে। আমি লাজুক এই লোকটার দিকে তাকিয়েই আছি। হঠাৎ মনে পড়তে শুরু করলো এই লোককে আমি কোথাও দেখেছি। ঠিক কিছুদিন আগে কিংবা কিছু সময় আগে। খুব স্পষ্ট মনে পড়ছে আমাদের কোথাও দেখা হয়েছে। কিন্তু কোথায়? হয়তো দেখা হয়নি। ভালো লাগা থেকেই দীর্ঘ পরিচিত মনে হচ্ছে। লোকটার নাম কামাল। এই নামটাও তো চেনা চেনা। সত্যিই কি চেনা জানা কেউ? এরকম হবার কথা না। কাউকে একবার দেখলে বা পরিচিত হলে আমি মনে রাখতে পারি। এই লোককে আগে কোথাও দেখলে এখন মনে পড়তো। সুতরাং আমরা অপরিচিত।

দুই বছর পেরিয়ে গেলো। আমার বিয়ে হলো। স্বপ্নের মত সুন্দর সুখী একটা সংসার হলো। কামালকে আমি জগতের সবচেয়ে ভালো স্বামীর উপাধি দিলাম।

সুহানার কথা বলা হচ্ছে না। আমার বিয়ের পর কখনো সুহানা কামালের সামনে আসেনি। মা বলতো একটা বন্দী ঘরে দিনরাত সে একা একা থাকে। কোথাও বের হয় না। বাবা নানানভাবে চেষ্টা করেছে ওকে স্বাভাবিক করার। আমিও চেষ্টা করেছি, কিছুতেই কিছু হয়নি।

আমি লেখালেখি ছেড়ে যেমন সংসার জীবন ধরলাম। সুহানা স্বাভাবিক জীবন ছেড়ে একটা ধ্বংসের জীবন বেছে নিলো। ধ্বংসের শেষভাগে মৃত্যু থাকে। দিন যেতে যেতে আমার বোন সেখানে পৌছে গিয়ে ফিরে এলো। দু'বার আত্মহত্যা থেকে বাঁচানো হলো। কিন্তু লাভ হয়নি। মানসিকভাবে ভেঙে পড়ায় ব্রেনে সমস্যা দেখা দিলো। কাউকে চিনতে পারছেনা হুট করে। কথা বলছে বিড়বিড় করে কেবল নিজের

সাথে। শেষমেশ ডাক্তার পরামর্শ দিলেন পাবনায় পাঠাতে। চিকিৎসায় সুস্থ হলে ফিরিয়ে আনা হবে।

ওর চলে যাওয়ার পর ঘর গোছানোর সময় একটা ছোট্ট নোটবুক পেয়েছিলাম। নোটবুকের লেখাগুলো না পড়াই ভালো ছিলো। পড়ে ফেলে এক পাহাড় সমান ভুল করেছি।

মানুষ প্রেমে পড়লে কী কী করে? কাকে প্রথম বলে? আপাকে খুব বলতে ইচ্ছে করে। কিন্তু সে বাবাকে বলে দিবে। না থাক, বলা যাবে না। কিন্তু আমার খুব বুক কাঁপে। আমি যার প্রেমে পড়লাম সে কি জানে? তাকে কী করে বলবো! একটা ছোট্ট চিঠি লিখলে কেমন হয়? 'কামাল স্যার, আপনাকে আমি ভালোবাসি। ভালোবাসি এবং ভালোবাসি।'

'আজ আমার অনেক কষ্ট হচ্ছে। মা বাবা আপার বিয়ে ঠিক করছে। আপা জানে না। যার সাথে বিয়ে ঠিক হচ্ছে সে আমার কলেজ শিক্ষক। তাকে আমি ভালোবাসি। আমি কখনো কাউকে এ কথা জানাতে পারবো না। আমার এত কষ্ট কেন? কামাল স্যার, আপনাকে না পেলে আমি মরে যাবো। আজ আপাকে দেখতে আসবে। আমি অনেক চেষ্টা করছি হাসিখুশি থাকতে। খুশি থাকার অভিনয় আমি খুব ভালো পারি। কিন্তু বারবার কান্না পাচ্ছে। আপাকে বুঝতে দেয়া যাবে না আমার মন খারাপ।' আপা সুখে আছে। কামাল স্যার এখন আমার দুলাভাই। আমি কখনো স্যারের সামনে যাবো না। কতবছর পারবো এই লুকোচুরি খেলতে জানি না। আমি দূরে কোথাও পালিয়ে যাবো। অনেক দূরে। কামাল স্যারকে আর কখনো দেখতে হবে না।' আপা, আমি অনেক দূরে চলে যাচ্ছি দিনদিন। তোরা কি ভালো আছিস? কামাল স্যার কেমন আছে আপা?

'ভালোবাসা। আপা। বিয়ে। কলেজ। কামাল। স্যার ভালো। ভালোবাসি। আপা। দুলাভাই।'

নোটবুকের এই ক'টা লেখা পড়েই বুঝে গেলাম কেন ওকে পাল্টে যেতে দেখেছি, স্বপ্ন দেখেছি, কেন কামালকে শুরু থেকেই মনে হতো

পরিচিত। প্রকৃতি কেন এই খেলা খেললেন? আমরা কেন পুতুলই থেকে যাই। ভীষণ কষ্ট পাচ্ছি। আমার এই ব্যথা কাউকে কি কখনো বলতে পারবো?

কাঠ গোলাপ

রাগী মানুষদের সাধারণত পছন্দ করার কিছু নেই। এরা মেজাজের উপরেই দুনিয়া মাপে। ভালো খারাপ বিচারের ক্ষমতা এদের কাছে নিতান্তই স্বল্প। তবু আমার আপা তাঁর স্বামীকে ভীষণ পছন্দ করে। ভালোই বোধহয় বাসে। স্বামী ভক্ত রমণী। পছন্দ করার মত গুণ না থাকা সত্ত্বেও সে পছন্দ করে কারণ ভুঁড়িওয়ালা এই লোক মোটামুটি রকম আর্থিক স্বচ্ছল। আপা তিনবেলা ভালো ভালো খাবার পাচ্ছে। সময়মতো ভরণপোষণ পাচ্ছে, মনমতো সংসার পেয়েছে। অভাব নেই কোনো। গয়নার দিক দিয়েও সে বেশ ভালো বড়লোক। বিয়ের সময় তার বর পাঁচ ভরি ২২ ক্যারেট সোনার গয়না দিয়ে তাকে বিয়ে করেছে। এখন অবশ্য ওসব গয়না দুলাভাইয়ের দখলে।

গয়নাগুলি ব্যবসার কাজে লাগিয়েছে বলে আপা কিছু মনে করেনি। মনে করবার কিছু নেই, স্বামী গয়না বিক্রি করে নেশাদ্রব্য খেলেও খুবই স্বাভাবিক ব্যাপার। গয়নার বিষয়ে কথা উঠলেই দুলাভাই গর্বের সাথে উচু গলায় বলে,

'তোমার ভাগ্যে বোধহয় আমি অনেকদূর যেতে পারবো মাইমুনা। তুমি হাসিমুখে হাতে গয়না তুলে দেয়ার পর সেই যে ব্যবসায়ের উন্নতি শুরু হলো, মাশাল্লাহ উন্নতির ঢল বয়ে যাচ্ছে বুঝলা। সবই আল্লাহর ইশারা। আর আল্লাহ তোমাকে উছিলা হিসেবে পাঠিয়েছে। সামনে চিন্তা করছি কয়েকটা রিকশা নামাবো। ঢাকা শহরে এখন রিকশার ব্যবসা জমজমাট। তুমি কী বলো?'

নিরস গলায় আপা জবাব দেয়,

'আপনি যেটা ভালো বোঝেন।'

'রিকশায় কোনো লস নাই। একবার পুঁজি দিলেই পয়সা আসতে থাকে। তুমি অতকিছু বুঝবা না। এসব মরদ মানুষের কারবার।'

গয়না নিয়ে এত সুন্দর বানানো গল্প শোনার পর আপা আর দ্বিতীয়বার গয়নার কথা বলার সাহস পায় না। মেয়েরা তাদের বিয়ের জিনিসগুলাকে সাতরাজার ধনের চেয়েও মূল্যবান ভাবে। বিয়ের একটা চিরুনী তারা যুগ যুগ অক্ষত রেখে দিতে পারে। আপা নিশ্চয়ই তার গয়নাগুলোকে মিস করে। কে জানে, গভীর রাতে হয়তো কাঁদেও। তবুও দুলাভাইয়ের উপরে আপা রাগ করতে পারে না। লোকটা ভালো। আপার চোখে দুলাভাই দুনিয়ার সবচেয়ে দয়ালু মানুষের একজন। লোকটাকে পছন্দ করার সবচেয়ে বড় যে কারণ তা হলো লোকটা আমাকে এই বাসায় রাখতে রাজি হয়েছে।

আমি ছাড়া আপার ইহজগত আপাতত শূন্য। শূন্য এই কারণে, আমাদের বাবা-মা কেউ নেই। নেই কাছের কোনো স্বজনও। যে মানুষগুলো পৃথিবীতে একটা সময় আপনজনহীনা বাস করে, আমি আর আপা তাদের দলে।

আমাদের বাবা বাড়ি ছেড়ে হুট করে একদিন উধাও হয়ে গেলেন। আমি ছোট। আপা ক্লাস টেনে পড়ে। মানুষ এসে ঘরের জিনিসপত্র নিজ নিজ মত করে নিয়ে যাচ্ছে। মা পড়লো মহা বিপদে।

বাবার করে যাওয়া ঋণের বোঝা এসে পড়লো মায়ের উপর। আমরা তিনজন এসে উঠলাম নানার বাড়ি। নানার বাড়িতে দিন খারাপ কাটছিলো না। আপা আর মা মিলে মামা-মামির সংসারের ঘরোয়া সব কাজ করে। আমি বাজার আনি। বিল দিতে যাই। মোটামুটি কাজের মানুষের যত কাজ সবই আমরা তিনজন করে দিচ্ছিলাম, তার বিনিময়ে তিনবেলা খাবার। মামাতো ভাইবোনের পুরোনো কাপড় পরে আমাদের দুই ভাইবোনের পোষাকের ব্যবস্থা হয়ে যেতো। মা পরতেন মামির পুরোনো শাড়ি। অবশ্য নতুন কাপড়ের দরকারও তো নেই। আমরা কূলহারা নৌকা তখন, মাঝি নেই, বৈঠাও নেই। সুতরাং যে যেভাবে চলতে বলবে দুইবেলা খাবারের জন্যে আমরা সেভাবে চলতে বাধ্য।

একদিন স্কুল থেকে ফিরে শুনলাম মা চলে গেছে। কোথায় গেছে কেউ জানে না। আপার কাছে জানতে চাইলাম, মা কোথায় রে আপা? কেউ জানে না মানে কী? কাউকে কিছু না বলে মা কোথায় যাবে আপা?'

আপা করুণ চোখে আমার দিকে তাকিয়ে রইলো। যে চোখে উত্তরের ভাষা বলে কিছু নেই। নিরস, স্তব্ধ। তবু সাহস দিতে হবে আমাকে। জানতে দিতে হবে বাস্তব লোহার চেয়েও বেশি শক্ত। আমার প্রশ্নের জবাবে বললো,

'মা আর ফিরে আসবে না। বাবার যেই বন্ধু আমাদের বাসার টিভি ফ্রীজ সব নিয়ে গিয়েছিলো, মা তার সাথে চলে গেছে। তাকে বিয়ে করে এতক্ষণে সংসারও শুরু করেছে হয়তো। তুই আর মার কথা জানতে চাইবি না। আমি আর তুই এখন একে অন্যের সব। মার কথা যেন মনে না পড়ে, আমরা সেই চেষ্টা করবো। ঠিকাছে?'

আমার মাথায় আকাশ ভেঙে পড়লো। দু'জন ছেলেমেয়েকে এমন অকূলে রেখে মা চলে যেতে পারলো? চোখ জ্বলছে। বোধহয় পানিও গড়াচ্ছে দু'এক ফোটা। গালে হাত রেখে মুছতে মুছতে আপার সাথে মত মিলিয়ে বললাম, 'ঠিকাছে।'

বাবার সেই বন্ধুর নাম ছিলো ফয়েজ। বাবা যেদিনই বাসায় না থাকতো, ওই লোককে মার সাথে দরজা বন্ধ করে গল্প করতে শুনেছি অনেকদিন। কখনো ভাবিওনি লোকটার সাথে মা পালিয়ে যেতে পারে। মা কী আসলে পালিয়ে গেছো নাকি অভাব আর ভাইয়ের সংসারের অপমান তাঁকে যেতে বাধ্য করলো।

আমি সবসময় বলতাম বড় হয়ে অনেক বড় অফিসার হবো। অনেক টাকা কামাবো। তখন আর সুখের অভাব হবে না আমাদের। মা চাইলেই সেই দিনটার জন্যে অপেক্ষা করতে পারতো। ক'দিনই বা লাগবে আর। টাকা হলে মানুষ সুখ কিনতেও পারে। আমি সব সুখ কিনে আনতাম।

মা চলে যাবার পর নানাবাড়িতে আমরা আরও লাঞ্চিত হতে থাকলাম। কিছুদিন পর নানা শয্যাশায়ী হয়ে গেলেন। নানা মরে যাবার আগে বড় মামার কাছে ওয়াদা রেখে গেলেন, 'আমার চরিত্রহীন মেয়ে দুইটা সন্তান রেখে চলে গেলো। তুই এই দুইটা শিশুরে মানুষ করবি কথা দে। মাইমুনারে একটা ভালো ছেলে দেখে বিয়ে দিবি। বাবা হয়ে তোদের উপরে সব দায়িত্ব আমি কঠোরভাবে পালন করেছি। তুই এই কথাটা রাখবি। রাখবি কিনা বল।' বড় মামা আমাদের কখনও আদর করেননি। নানাভাইয়ের এমন কথা শুনে চোখে মুখে বিরক্তির ছাপ এনে বললেন,

'মাইমুনার বিয়ে দিবো বাবা। আপনি এসব নিয়ে চিন্তা করবেন না। মামুনরেও ভালো স্কুলে পড়াবো। ওদের দায়িত্ব এখন আমারই তো হাতে।'

নানা স্বস্তি আর আশ্বাস নিয়ে চোখ বুজলেন। আপার বিয়ের জন্যে কোনো বাছাবাছি হয়নি। প্রথমেই যে এসেছে তাকে দেখেই মামার পছন্দ হয়ে গেছে। আপা কিছু বলেনি। আপার হয়তো মনে হচ্ছিলো, এভাবে বুয়ার জীবন পার করার চাইতে তিনবার কবুল বলে কারো স্থায়ী বুয়া হওয়া ভালো। এত বৃদ্ধি আপার।

শরতের এক সন্ধ্যায় আপার বিয়ে হলো। বিশাল ভুঁড়িওয়ালা বিচ্ছিরি স্বভাবের এক লোক। বারো মাস তার সর্দি লেগে থাকে। সরাৎ করে যেখানে সেখানে নাক ঝাড়ে আর নাকের ময়লা আঙুলের মাথায় নিয়ে সেমাই বানায়। শুরু থেকেই দুলাভাইকে আমার সহ্য হয় না। সর্দি সমস্যা ছাড়াও তার আরেকটা বিশাল সমস্যা আছে। সেটা হলো কাশি। রাতবিরেতে সে আকাশ পাতাল শব্দ করে কাশে। তার কাশির শব্দের সাথে ঘরশুদ্ধ কাঁপে। আপা মাঝে মাঝে রাগ করে বলে,

'তোর দুলাভাই কেমন শব্দে কাশে শুনিস? তার কাশির শব্দের কাছে ভূমিকম্প ও যেন ফেইল।' এ উক্তির মানে কী? ভালোবাসা না বিরক্তি? বুঝতে কষ্ট হয়।

আমি সাধারণ গলায় তাল মেলাই। 'ভূমিকম্প ফেইল না পাশ জানি না। তবে এই কাশি তোমার জীবনে বিশাল উপকারী জিনিস। দুলাভাই কাশে বলে তুমি নিয়মিত ঘুমাতে পারো। হঠাৎ যদি কাশি ভালো হয়ে যায় তুমি সেদিনের পর আর ঘুমাতে পারবে না আপা।'

আমার গলায় আর কপালে হাত দিয়ে আলতো চাপ দিতে দিতে বলে,

'মোটেও না। কাশি ভালো হলে এত দিনে হয়ে যেতো। মানুষের বিচিত্র কত স্বভাব থাকে, তার কাশিও হয়তো ওসব স্বভাবের একটা। আমি ঘরে যাচ্ছি। তুই খাওয়া শেষ করে ঘুমাতে যাস। জ্বর যেন না বাড়ে। জলপট্টি রাখা আছে টেবিলে, আমি একটু পর এসে দিয়ে দিচ্ছি।'

খাওয়া শেষ করে ঘুমোতে যাবো। তখন দুলাভাই ডাকলেন তাকে সিগারেট এনে দিতে। প্রায় প্রতি রাতেই এরকম হয়। কিন্তু ভীষণ জ্বর আজ আমার। গায়ে একসাথে তিনটা জামা পরে আছি। হাঁটতে গেলে চোখ বন্ধ হয়ে আসতে চায়। এই জ্বর কদিন ধরে যন্ত্রণা করছে, এই আসে এই যায়। তবু বের হতে হবে। আমার সব ডিউটির প্রধান হলো এই সিগারেট আনা। রাত বিরেত যখন তখন, খুব অদ্ভুত অদ্ভুত সময়ে। বাজার করা, বিল দেয়া, দোকানের মালামাল সরিয়ে দেয়া আর মসজিদের কল থেকে আপাকে পানি এনে দেয়াসহ টুকটাক আরও অনেক কাজ করতে হয়। আমার সাধারণ কাজ। এসবে আপা কষ্ট পায়। সে চায় না তার ভাই আর কষ্ট করুক। কিন্তু কিছু করার নেই। প্রতিবাদে কিছু করতে গেলে ভাইকে তো সে নিজের কাছে রাখতে পারবে না। আমি সব কাজ খুব আনন্দের সাথে করছি বলে আপাকে বোঝাই। অনাথ ছেলেপেলেরা তো দুঃখ কষ্টকেও আনন্দের সাথে মিলিয়ে নিতে শেখে। আমি শিখেছি। কঠিন কিছু না।

রাত কটা বাজে আমার জানা নেই। গভীর রাত এটুকু বোঝা যাচ্ছে। ল্যাম্পপোস্টের আলোয় রাস্তাঘাট যেন বাটা হলুদ মেখে সেজে রয়েছে। বেওয়ারিশ কুকুরের দল এদিক ওদিক ঘুরছে। কোনো দোকানপাট খোলা নেই। তবে সিগারেট নিয়েই ফিরতে হবে। হাঁটতে হাঁটতে কুসুমবাগ

মোড়ে এলাম। একটা মাত্র দোকান খোলা। সিগারেট কিনে ফিরতে ফিরতে বেশ দেরিই হলো বোধহয়। এসে দেখি দুলাভাই ভীষণ চটেছে কেন এত দেরি করলাম। সাবধানে সিগারেটের প্যাকেট রেখে মাথা নিচু করে ঘরে এলাম।

কত বড় হলে একটা মানুষ পরনির্ভরশীলতা আর ভালোবাসার শেকল থেকে বাঁচতে পারে শুয়ে শুয়ে ভাবছি। অনেক বড়লোক হতে ইচ্ছে করে। চুরি, ডাকাতি, রাজনীতি, খুন, কালোবাজারি যা যা করে অনেক টাকা কামানো যায় সব ভাবছি। কত টাকা হলে অনেক বড়লোক বলবে মানুষ। বড়লোক না হলে কেউ দাম দেয় না।

মাঝে মাঝে বাবা-মা'র কথা মনে পড়ে, দুজনই এই পৃথিবীতে আছে। কিন্তু এখন আমরা কেউ কাউকে দেখতে পাই না। একই শহরেই হয়তো কোনো এক কোণায় আছেন বাবা, অন্য কোণায় মা। একসময় একটা ঘরে আমরা পরিবার হয়ে থাকতাম। এখন তা অতীত। বরং ঘরটাও নেই। মানুষ হারালে তার ভিটেমাটিও হারাতে শুরু করে।

রাত বাড়ছে। আপার ফোঁপানোর শব্দ শোনা যাচ্ছে। আমার জন্যেই হয়তো কাঁদছে।

বেচারি বড় বিপদে আছে। ভাইকে ছাড়তে পারছে না রক্তের টানে, আবার রাখতেও ইচ্ছে করছে না। পর মানুষকে চাকর হিসেবে সহ্য করা যায়। আপন ভাইকে কখনোই না। আপার জন্যেও মায়া হয়। এই মায়া কখনো তাকে দেখাতে পারি না। মায়া কেন দেখানো যায় না?

ধোঁকা

বাবা সবসময় মায়ের উপর অত্যাচার করতেন। কেন করতেন কখনো জানিনি। অশিক্ষিত গরীব পরিবার হয়তো এমন হতে হয়। তিনবেলা খাবার কখনো খেতে পারতাম না। রিকশা চালিয়ে বাবার যা আয় হতো তা দিয়ে বাবার নেশা করার টাকাও উঠতো না। মা আমাদের দুই ভাইবোনের খাবার যোগাড়ের জন্যে এ বাড়ি সে বাড়ি কাজ করতেন। সংসার জীবনে মা কখনো সুখে থাকতে পারেনি। মায়ের সুবাদে আমরাও অসুখী আর ভুক্তভোগী রয়ে গেলাম।

আমার যখন তের বছর বয়স, তখন বাবা আমাদের ছেড়ে চলে যায়। আমরা হয়ে যাই বাবাশূন্য। মা হলেন স্বামীশূন্য। আমাকে মা কোনরকমে পড়াশোনা করাচ্ছিলেন। শহরের একটি সরকারি প্রাইমারিতে পড়া শেষ করে তখন মাধ্যমিক স্কুলে ভর্তি হয়েছি। প্রযুক্তি বুঝতে শিখেছি। চারপাশ চিনতে শুরু করেছি। বাবার হঠাৎ চলে যাওয়ায় যেন সব স্তব্ধ হয়ে গেলো। বাবা যে পরিবারে খুব বেশি খরচ দিতেন তা না। কখনো সখনো যদি বস্তির সেই এক রুমের বারো'শ টাকা ভাড়াটাও দিতেন, মার অনেক সাহায্য হতো।

এখন সেই ভাড়ার টাকা মার কাঁধে চলে এসেছে। তাই আমার পড়াশোনার খরচ চালানো সম্ভব না। স্কুলে যাওয়া বন্ধ করে দিলাম। বাসায় ছোট ভাইকে রাখি। মা সারাদিন থেকে শুরু করে গভীর রাত পর্যন্ত বাইরে কাজ করে ফেরেন। এভাবে সংসার চলতে থাকলো। মাথার ওপর বাবা ছাদ হয়ে ছিলেন না। দেয়াল হয়ে ছিলেন। মা ছিলেন ছাদ হয়ে। হঠাৎ দেয়াল সরে গেলো। আমরা টিকে থাকলাম ছাদের নিচে।

বছরখানেক পার হবার পর একদিন রাস্তায় বাবার সাথে নাকি মার দেখা হয়েছে। বাবা একটি বাচ্চা কোলে নিয়ে হাঁটছেন। সাথে একজন কম বয়সী নারী। মা বুঝলেন বাবা বিয়ে করেছেন। নতুন পরিবার নিয়ে বাবা ঘুরতে বের হয়েছেন। কোলের বাচ্চাটার হাতে খেলনা ঘোড়া।

বাবার দিকে তাকিয়ে সে একটু পরপর খিলখিল করে হাসছে। মা মুগ্ধ হয়ে সে দৃশ্য দেখে বাসায় ফিরলেন। আমাকে বলার সময়ও তার গলা কাঁপলো না। মা সবসময় বলতেন,

'যে যাবার সে চলে গেছে। থাকার হলে তো যেতো না। এত আফসোস করে কী হবে?'

আমি কখনো আফসোস করি না। বরং বাবাহীন পরিবারে আমরা সুখেই দিন কাটাচ্ছিলাম। এই সুখের দিন আমাদের কপালে বেশিদিন সইলো না। মাথার উপর যে ছাদ ছিলো। তাতে ফাটল ধরা শুরু হলো। মা তার চেয়ে পঁচিশ বছর বেশি বয়সী এক বৃদ্ধ লোকের প্রেমে পড়ে গেলেন। প্রেম রীতিমত আমাদের সামনে উন্মুক্ত হতে শুরু করলো। বৃদ্ধ লোকটা প্রতিদিন বাসায় আসেন। অনেকরকম জিনিসপত্র নিয়ে আসেন। মা আমার কোলে ছোটভাইকে তুলে দিয়ে হালকা গলায় বলেন, 'রাস্তা থেকে ওকে নিয়ে কিছুক্ষণ হেঁটে আয়। গায়ে বাতাস লাগুক। আমি লোকটারে চা বানায় দেই একটু।'

চা তো আমিও বানাতে পারি। কিন্তু মা যেই চা বানাবেন। তা হয়তো হবে না। রাস্তায় বেহুঁশ মন নিয়ে ভাইকে কোলে নিয়ে হাঁটতাম। আর ভাবতাম, বাবার প্রতি জেদ করেই হয়তো মা এমনটা করছেন। না করলেও তো খুব বেশি ক্ষতি হতো না। মানুষ কেন বেশিদিন সুখে থাকতে চায় না? কখনো মনে হতো আমরা বোধহয় মার জন্য বোঝা হয়ে গেছি।

আমরা খুব খারাপ কপাল নিয়ে দুনিয়ায় এসেছি। কপাল আরেকটু ভালো দেখে বেছে আনা উচিত ছিলো। এমন দুর্দিন কখনো চাইনি। ভালো থাকতে চেয়েছি। বাবা মা কেন এমন করছেন? এই প্রশ্ন সবসময় নিজের ভেতরে থাকতো। উত্তর দেয়ার কেউ ছিলোনা বলে কাউকে করা হয়নি। মা লোকটাকে বিয়ে করে ফেললেন। একই ঘরে আমরা যেন দুই পৃথিবী হয়ে গেলাম। মা আর সেই বৃদ্ধ লোক একসাথে থাকেন। আমি আমার ভাইকে নিয়ে একসাথে থাকি। যতটুকু পড়াশোনা করেছি তাতে ক্লাস ওয়ান টু এর বাচ্চা পড়ানো যেতো। মা দিন দিন অবহেলা করতে

শুরু করলো। অদৃশ্য ব্যবহারে মা বোঝালেন আমরা তার বোঝা হয়ে আছি। আমি বাচ্চা পড়ানো শুরু করলাম। নিজের জন্যে কিছু করার চিন্তা সবসময় ভাবতাম। কখনো ভাবনাটা বাস্তব করতে পারিনি। একটা সময় জীবন বাধ্য করলো কিছু করার চেষ্টা করতে। আমার টাকা রোজগার করার ঘটনায় মা কিছুটা নরম হলেন ব্যবহারে। আগের মত পরপর ভাব নিয়ে কথা বলেন না।

আমি বেশ ভালো টাকা রোজগার করার আরেকটা রাস্তা বের করে ফেললাম। আমার এক ছাত্রীর বাবা আমাকে গার্মেন্টসে চাকরি খুঁজে দিলেন। গরীবই গরীবকে সাহায্য করে। সেই লোকও গার্মেন্টসে চাকরি করেন। আমি বেশ শক্তভাবে পরিবার টানতে শিখে গেলাম। ততদিনে মা'র নতুন স্বামীর সাথে সম্পর্ক পানসে হয়ে যাচ্ছিলো। মা একটা সময় খেয়াল করলেন পৃথিবীর সব পুরুষেরা এক রকম। কেউ ভিন্ন নয়। নিজের ভুল বুঝতে পেরে মা লোকটাকে নিজ থেকে তালাক দিয়ে চলে এলেন।

আমি আবার আমার পুরোনো পরিপাটি ছাদ ফিরে পেলাম। আমার টাকায় সংসার চলতে শুরু করলো। মাও এখানে ওখানে কাজ করে কিছু যোগাড় করেন। তাতে চলে যায় কোনোভাবে। দিন সুখের হচ্ছিলো। মানুষ সুখের দিন সইতে পারে না শুনেছি, আমরা খুব সাবলীলভাবে সইতে শুরু করছিলাম।

আমি নতুন মোবাইল কিনলাম। নেট ব্রাউজিং শিখলাম। প্রযুক্তির যুগের মেয়ে বলে একদিন কাকে দিয়ে যেন ফেসবুকও খুলে ফেললাম। মাত্র পনের বছর বয়সে আমি বেশ ভালো এবং দক্ষভাবে ফেসবুক চালানো শিখে গেলাম। রাত দিন ফেসবুকে পড়ে থাকি। নতুন নতুন বন্ধু করি। মেসেজ চ্যাট করি। কী অদ্ভুত সুন্দর একটা ব্যাপার। আমার কম শিক্ষা আমাকে কোথাও আটকালো না। মাঝে মাঝে শিক্ষিতদের জন্যে আফসোস হতো। এরা এত টাকা নষ্ট করে কেন পড়াশোনা করে?

অল্প বিদ্যা দিয়েই তো অনেক কিছু করা যায়।

মোহনের কাছে যেদিন যাবার কথা সেদিন আমার বাবা মারা যান। বাবা আমাদের ছেড়ে চলে গেলেও খুব কালেভদ্রে আমাদের এসে দেখে যেতেন। একদিন শুনেছি বাবার যেন কঠিন কী রোগ হয়েছে। চিকিৎসার খরচ যোগাড় হচ্ছে না। আমি গিয়ে বাবাকে টাকা দিয়ে আসতাম। ডাক্তারের খরচ দিয়ে বলতাম যেন চিকিৎসা করানো হয়।

বাবার জন্যে কখনো অত টান কাজ করেনি। বাবা যেমন দায়িত্বের খাতিরে আমাদের এসে দেখে যেতেন, আমিও দায়িত্বের খাতিরে বাবার খারাপ সময়ে বাবাকে দেখতে গেছি। এত ছোটবেলায় বাবাকে দূরে হারিয়েছি, তার প্রতি কোন ভালোবাসা থেকে থাকলেও তা দিন দিন ঘৃণায় রূপ দিয়েছে।

কমলাপুর স্টেশন থেকে সিলেটগামী ট্রেনে বসেছি। এমন সময় খবর এলো বাবা মারা গেছেন। আমি যেন দ্রুত যাই। অথচ ততক্ষণে আমি তল্পিতল্পা গুছিয়ে মা আর ভাইকে ছেড়ে চিরতরে বের হয়ে গেছি। মোহনকে সিলেটে গিয়েই বিয়ে করবো। সেখানে ওর একটা সুন্দর পরিবার আছে। মোহনের সুন্দর জীবনের সাথে আমিও ভালো থাকা শুরু করবো। ও নিশ্চয়ই ভাঙা পরিবারের ছেলে না। আমার মায়ের মত তার মা দুইবার বিয়ে করেননি। আমার বাবা যেমন আমাদের ছেড়ে চলে গেছেন। মোহনের বাবা নিশ্চয়ই মোহনকে ছেড়ে চলে যাননি। স্টেশনে বসে আমাকে সিদ্ধান্ত নিতে হবে আমার কী করা উচিত, ছেড়ে যাওয়া এবং মরে যাওয়া বাবার কাছে যাওয়া উচিত। নাকি নতুন জীবন দানের জন্যে যে সারারাত সিলেট স্টেশনে অপেক্ষা করে আছে তার কাছে যাওয়া উচিত। সিদ্ধান্তে আসতে পারছিলাম না। হাত পা যেন অসাড় হয়ে আসছিলো। ভাবতে ভাবতেই হঠাৎ ট্রেন ছেড়ে দেয়ার শব্দ শুনলাম। জোরে হুইসেল বাজছে। আমাকে এখনই কিছু একটা করতে হবে। সিনেমেটিক ব্যাপার ঘটলো একটা। ব্যাগ হাতে নিয়ে সিনেমার নায়িকাদের মত দৌড়ে ট্রেনের হ্যান্ডেল ধরে ফেললাম। তখনই বুঝেছিলাম, একজীবনে মানুষের একমাত্র তৃষ্ণাই হলো ভালোভাবে বাঁচতে চাওয়া। তাই মৃত বাবার চেয়ে জীবিত ভালোবাসার মানুষকে বেশি দামী মনে হয়েছে।

মোহন আমার জীবনে একটি বিশেষ আশীর্বাদ ছিলো। ফেসবুক আমার অনেক সময় নষ্ট করেছে হয়তো। কিন্তু মোহনকে উপহার দিয়েছে তার বিনিময়ে। ফেসবুকেই ওর সাথে প্রথম কথা। পনের বছর বয়স থেকে তখন সবে ষোলতে পা রেখেছি। কাঁচা আবেগে প্রথম মোহনই বেঁধে ফেলেছিলো। এক জীবনে যত অবহেলা পেয়েছি, কষ্ট করেছি, সংগ্রাম করেছি, ও সবকিছুকে ভালোবাসার পাহাড় দিয়ে ঢেকে রেখেছে। মাত্র অল্প ক'দিনে আমাকে কী অসম্ভব ভালেবেসে ফেলেছে ছেলেটা। আমি তার ভালোবাসার কাছে ঋণী থাকতে চাইনি। ভালোবাসার বদলে ভালোবাসা দিয়ে ঋণ শোধ করতে হয়। সেই ঋণ শোধের জন্যে সিলেট চলে গেছি। বাবার মৃত্যুর খবর আমাকে আঘাত করেনি, তখন মনে হয়েছে মোহনই 'জীবন'।

মোহনের পরিবারে গিয়ে আমি নতুন এক 'আমি' কে আবিষ্কার করলাম। যেই 'আমি' জীবনে অনেক না পাওয়া থেকে উঠে আসতে চেয়েছে পাওয়ার জগতে। দেখলো এ জগতে তার জন্যে আরও ঘোর অন্ধকার অপেক্ষা করছে। যতটুকু আলো তার জীবনে ছিলো তাও শেষ হয়ে গেছে। না পাওয়া থেকে উঠে এসে পায়নি কিছুই আর। মোহনদের বাড়িতে গিয়ে বুঝলাম অনলাইনে মোহন আমাকে যেই বাড়ির,

পরিবারের, নিজের বর্ণনা দিয়েছে তার কোনোটাই মেলেনি। জঙ্গলঘেরা একটু পুরোনো ছাউনি ঘরে পরিবারের সাত/আট জন সদস্য থাকে। খুব টেনেহিঁচড়ে তাদের সংসার চলে। সেই সংসারে আমি গিয়ে উঠলাম। আমাকে কেউই সাদরে গ্রহণ করলো না। দিন পাঁচেক যেতেই আমার নিয়ে যাওয়া সব সম্বল মোহন হাত করে নিলো। মোবাইল ফোনটা বিক্রি করে সেই টাকা সে খরচ করে ফেললো। আমার চোখের সামনে পুরোনো অসহায় 'আমি'কে দিনদিন গুড়িয়ে যেতে দেখতে লাগলাম। অন্ধ আবেগের ঘোরে যেই মোহনকে আমি দেখেছিলাম, সিলেটে এসে সেই মোহনকে আর খুঁজে পেলাম না। তার পরিবার আমাকে খাটাতে শুরু করলো। কাজ করতে আমার আপত্তি ছিলো না। আমার মাও অন্যের বাড়ির কাজ করে আমাদের পেট চালিয়েছেন। কিন্তু যে স্বপ্ন আমি

এতদিন দেখে আসলাম তার কী হবে! এত জঘন্যভাবে কেন তা মিথ্যে হয়ে যাবে। নিজেকে পৃথিবীর সবচেয়ে অসহায় মানুষ মনে হচ্ছিলো।

মোহনের পরিবার আমাকে মানতে পারেনি। মোহন আমার উপর থেকে তার ঘোর উঠিয়ে নিয়েছে। আমার উচিত আবার পালিয়ে যাওয়া, এবার আর শান্তি বা সুখ নয়। মুক্তির খোঁজে কোথাও পালিয়ে যাওয়া। মোহন নামের অধ্যায় শেষ করে ফেলা উচিত। তবু কোথায় যেন ওর জন্য জমাট বাঁধা কিছু ভালোবাসা লুকিয়ে ছিলো। অত্যাচারিত হয়েও সেই ভালোবাসাকে প্রসারিত হতে দিচ্ছিলাম। আমি তখনো মানতে পারলাম না কিছু মানুষ কখনো সুখে থাকতে পারে না, আমি সেই মানুষদের দলের একজন। আমার মনে হচ্ছিলো মোহন বুঝি অনলাইনে বলা সেই কথাগুলো সত্যি করবে। আমাকে সত্যি সত্যি আবার ভালোবাসবে। সেরকম হলো না। আমি দিনের পর দিন অন্য কোন জগতের মানুষ হয়ে যাচ্ছিলাম।

এক রাতে সেই ভয়ানক ঘটনা ঘটলো। আমাকে যেই ঘরে থাকতে দেয়া হয়েছে তাতে কোন দরজা নেই। মূল ঘরের পাশে আলাদা বেড়া জোড়া দিয়ে একটি ছোট ঘর। কাঠের চৌকিতে কাথা বিছিয়ে আমি রাত কাটাই। মোহন প্রতি রাতে এসে কথা বলে যেতো। কী কী সব যেন বোঝাতো। ঠিক হয়ে যাবে, বিয়ে হবে একদিন, মা-বাবার মাথা ঠিক হলেই বিয়ে করাবে। সান্ত্বনামূলক কথা। প্রতিদিন একই রকম সান্ত্বনার কথা আমি নিতে পারছিলাম না। সেদিন ওর কথা শুনে হুট করে বিয়ে করা নিয়ে রেগে গিয়ে কিছু কথা শোনালাম। সেদিনই প্রথম সহ্যের সীমা অতিক্রম করে রেগে কথা বলেছিলাম। তারপর মোহনের আসল চেহারা উঠে এলো। আমার গালে চড় বসিয়ে দিলো। আমি ওর চোখের দিকে তাকিয়ে কাঁদতে চেষ্টা করলাম। কিন্তু আশ্চর্য! আমার বুক ফেটে যাচ্ছিলো তবু কাঁদতে পারছিলাম না। সমস্ত পৃথিবী যেন অমাবস্যার অন্ধকারে ছেয়ে গেলো। ঘর থেকে বেরিয়ে পালাতে চাইলাম। তখনই মোহন তার সমস্ত শক্তি দিয়ে আমার শরীরের উপর ঝাপিয়ে পড়লো। কাঁচা আবেগে আমি অনেক আগেই মন হারিয়েছিলাম। সিলেটে পালিয়ে এসে হারিয়েছিলাম আত্মবিশ্বাস। সে রাতে মোহনের থাবায় হারালাম নারীত্ব।

শরীরে সাথে মিশে যাওয়া প্রাণ নিয়ে কোনরকম ঢাকায় পৌঁছালাম। মার কাছে ফিরে দেখি মা আমার চিন্তায় ততদিনে অর্ধেক শেষ হয়ে গেছেন। ফাঁসির মঞ্চের আসামী সেজে মাকে সব বলে দিলাম। সব বলাতে একটা মিথ্যে ছিলো। মোহনের সাথে বিয়ে হয়েছে বলেছি। মাকে বলার সাহস হয়নি, একটি ছেলে মাঝরাতে আমার ইজ্জত লুটেছে। মা যদি জানেন কষ্ট পাবেন। এই মিথ্যের আসল সত্য আমি কাউকে বলিনি, বলতে পারিনি।

ঢাকায় ফেরার এক মাসের মধ্যে কনসিভ করে ফেললাম। ডাক্তার জানালো আমি মা হবো! 'আমি মা হব' খবর আমাকে আনন্দিত করার কথা না দুঃখিত করার কথা জানি না। মাকে জড়িয়ে ধরে সেদিন আকাশ পাতাল ফাটিয়ে চিৎকার করে কেঁদেছিলাম। অনেকবার পেটের অনাগত সেই বাচ্চা ফেলে দিতে চেয়েছি। মা দেননি। 'যে ছেলে বিয়ে করেও তোর সাথে প্রতারণা করেছে, তোকে ছেড়ে গেছে, শাস্তি হলে তার হবে। পেটের বাচ্চার কী দোষ! সে কেন শাস্তি পাবে।'

মা এ কথা বললেই আমি সুস্থ জ্ঞান ফিরে পেতাম। বাচ্চা নষ্ট করার চিন্তা মাথায় আসতো না। একবারও মনে হতো না, এ বাচ্চার মা আমি, কিন্তু এর বাবার তো কোন বৈধ পরিচয় নেই! আমার তো বিয়ে হয়নি। আমি এর জন্মের পর চোখের দিকে তাকাবো কি করে?

সময় গড়াতে গড়াতে একসময় ন'মাস সময় শেষ হলো। একটি ফুটফুটে পুতুলের মত ছেলেবাবু হলো আমার। ওর চেহারা দেখার পর মনে হলো পৃথিবীতে ওকে ছাড়া আমার আর দেখার কিছুই নেই। আমি সবকিছু ভুলে আমার ছেলেকে নিয়ে ভালো থাকা শুরু করলাম। ওকে ঘিরে নিজের বেঁচে থাকাটাকে সম্মানের মনে করতে লাগলাম। কম বয়সে বেশিকিছু বুঝতে চাওয়ার শাস্তি আমি জীবন নষ্ট করার মাধ্যমে পেয়েছি। শিক্ষার অভাবে আমাকে যেই অন্ধত্ব গ্রাস করেছে তার মাশুল দিতে দিতে এ নাগাদ পৌঁছেছি।

মাহিনের বয়স এখন দুই বছর। আমি একটি প্রাইভেট কোম্পানীতে চাকরি করছি। মা, ভাই, আর ছেলে মাহিনকে নিয়ে এখন সংসার। সুখে

আছি, বেশ ভালোও আছি। মাহিনের দিকে তাকালে কখনো কখনো মনে হয়, জীবন সত্যিই বড় বিচিত্র। এই বিচিত্র জীবনে আমরা সবসময় ভুল রাস্তা বেছে নিই। ভুল রাস্তায় বেশিরভাগ সময় দুর্ঘটনা ঘটে। আমারো ঘটেছে। সেই দুর্ঘটনা কি মাহিন? ওকে আমি আশীর্বাদ হিসেবে গ্রহণ করেছি। মাহিন একদিন বড় হবে, আমাকে মা ডাকবে। কখনো যদি প্রশ্ন করে বাবা কোথায়, আমি কি বলবো উত্তরে? আমি বলবো তোমার বাবা আছে, তার নাম 'ধোঁকা'? কিংবা কোন পরিচয় ছাড়া তুমি দুনিয়াতে এসেছো।

আমার জীবনে মোহনের আর কোনো অস্তিত্ব নেই। মোহন আমার কোথাও নেই।

তবু কিসে যেন রয়ে গেছে। ওর প্রতারণার ধোঁয়াশা ভাব যেন কাটতে চায় না আমার কাছ থেকে। মাহিনের নাম মোহনের সাথে মিলিয়ে আমি কি মোহনের প্রতি ভালোবাসা ধরে রাখতে চাইছি? জানি না।

বন্ধুত্ব

দুঃখ কষ্টকে একা মোকাবেলা করতে জানা মানুষগুলো জীবনের শেষভাগ পর্যন্ত এসেও একাই থেকে যায়। জীবনের কঠিন কঠিন সব স্টেশন তাদেরকে পার করতে হয় একা। আমার জীবনে ব্যতিক্রম ঘটলো। ভীষণ কষ্টে বড় হওয়া পরিবারের একমাত্র রোজগারদাতা আমি পাকিস্তানের করাচি শহরে বাস করছি দীর্ঘ আট বছর। আমার কাজ ছিলো মালিকের মনে জায়গা করে নিয়ে চাকরীটা মজবুত করা আর দেশের বাড়িতে মা বাবাকে টাকা পাঠিয়ে সংসার বাঁচানো।

কখনো কখনো না খেয়ে থাকতে হচ্ছে, কখনো কখনো সারারাত জুড়ে কাজ করতে হচ্ছে, কখনও অসুখে একা ভুগছি কেউ দেখার নেই। গা ভর্তি জ্বর নিয়ে ডিউটিতে হাজির হচ্ছি। বিচ্ছিরি এমন জীবনে একদিন এক বন্ধু এলো। অফিসের এক পরিচিত বড় ভাইয়ের রেফারেন্সে সে একটু কাজের সন্ধান চায়। ইউরোপের পথে যাত্রাকালে কোনভাবে সে পুলিশে ধরা পড়ে। তাকে পাঠিয়ে দেয়া হয় পাকিস্তান। পাসপোর্ট জব্দ করা হয়। নিঃস্ব অবস্থায় তাকে বড় ভাই নিয়ে আসেন।

সব শুনে আমার মায়া হলো। প্রবাস জীবনের জন্যে যত মায়াই থাকুক। আমার মন পড়ে থাকে বাংলাদেশে। নিজের দেশের প্রতি একটা টান কাজ করতো। যখন শুনলাম আমার দেশেরই একজন মানুষ অসহায় হয়ে পড়েছে, তার থাকার জায়গা নেই। খাবারের জায়গা নেই। শূন্য হাতে সে এসে পড়েছে করাচির মত অচেনা শহরে। তাকে মনে হলো নিজের মানুষ। যেন আমার ভাই, বন্ধু। বলাবাহুল্য আমার আপন কোনো ভাই ছিলো না, ছোটবেলা থেকেই রোজগারের পেছনে থাকাতে প্রিয় কোনো বন্ধুও হয়ে ওঠেনি কখনো।

যে মানুষটা অফিসে এসে সাহায্য প্রাপ্তির হাত বাড়ালো তাকে আমি আগ্রহের সাথে নিজের ঘরে নিয়ে এলাম। মালিকের সাথে কথা বলে একটা কাজের ব্যবস্থা করে দিলাম। মহাসমুদ্রে কূল হারিয়ে ভাসতে

থাকলে হঠাৎ এক টুকরো কাঠ পেলে যেমন আনন্দ হয়, মিলনের তেমন হলো। আমার খাতির দেখে সে কৃতজ্ঞে নুয়ে থাকতে চেষ্টা করে। আমি তাকে সাহস দেই, আমি তার আপন মানুষ। আপন মানুষের কাছে কৃতজ্ঞতা প্রকাশ করতে হয় না।

মিলনকে পেয়ে আমার দিন সুন্দর কাটতে লাগলো। একা লাগে না আগের মতো। দুজনে রান্না করে খাচ্ছি, এক বিছানায় ঘুমাচ্ছি। সমুদ্রের তীরে হাঁটতে হাঁটতে জীবনের গল্প বলছি। ভোরবেলা দূরের মসজিদে নামাজ পড়তে যাচ্ছি। ইসলামের প্রতি তাঁর জ্ঞান জেনে মুগ্ধ হই। একে অন্যকে হাদিস শোনাই।

আমার জীবনের লক্ষ্য করাচিতে টাকা রোজগার পর্যন্তই ছিলো। কিন্তু মিলনের তা নয়। সে যেদিক থেকে এসেছে সেদিকেই তাঁর লক্ষ্য। অর্থাৎ ইউরোপের কোনো একটা দেশে সে ভবিষ্যৎ স্থায়ী করতে চায়। যখন ও এসব আমাকে বলতো, আমি স্থির হয়ে ওর চোখের মণিতে দেখতাম জ্বলজ্বল করতে থাকা একটি যুবকের স্বপ্ন। যদি একদিন সত্যি সত্যি ও ইউরোপ চলে যায়? কতটা মজা হবে?

আমি মিলনকে না জানিয়ে এক এক করে ওর পাসপোর্ট তৈরী থেকে শুরু করে ভিসা প্রসেসিং পর্যন্ত সব কাজ করলাম। নিজের টাকা থেকে করলাম যেন কোনোভাবেই ওর কানে না যায়। আমি শুধু শেষদিনে বিমানে ওঠার পর ওর আনন্দে বের হওয়া অশ্রুটা দেখতে চাই। স্বেচ্ছায় অশ্রু দেখতে চাওয়ারও একটা মজা আছে। আমি সেই মজা পাবার জন্যে একটি অচেনা ছেলেকে নিজের সর্বোচ্চ চেষ্টা দিয়ে ইউরোপ পাঠাবার ব্যবস্থা করলাম।

মিলনের ফ্লাইট ডেইট পর্যন্ত আসতে আমাকে বেশ বেগ পেতে হলো। দালাল ধরতে হলো। প্রতিটি জায়গায় জায়গায় দ্বিগুণ ঘুষ দিলাম। যুগ যত বদলাচ্ছে এজেন্সিগুলো ততই ডাকাত হচ্ছে। মিলনের বিমর্ষ চেহারা দেখে আমি কষ্ট পেতাম।

সংসারের ব্যাপারে জিজ্ঞেস করলে খুব মায়ার সাথে জবাব দিতো, 'জানেন মাসুদ ভাই, একমাত্র মেয়েকে দেশে রেখে এসেছি। মেয়েটা আমার জানেও না তার বাবা কোন দেশে কোথায় আছে। ফ্রান্স যাচ্ছি বলে বিদায় নিয়েছিলাম। মেয়ে কী কী আনতে হবে তার একটা লম্বা লিস্ট ধরিয়ে দিয়েছিলো আমার হাতে। ফ্রান্স যাবার পথে আমাকে পুলিশ ধরলো, মারলো, ব্যাগ জামাকাপড় সব ওলটপালট হয়ে গেলো। আমার ছোট্ট মামণির লেখা লিস্টটা কোথায় হারিয়ে গেছে কে জানে। মনে করলে কান্না পায় মাসুদ ভাই। নিজেকে সামাল দিতে পারি না।'

আমি মিলনকে আশ্বাস দিয়ে বলি, 'আল্লাহ রাব্বুল আলামিন সব ঠিক করে দিবেন ইনশাআল্লাহ।'

একদিন ভোরবেলা নামাজ শেষ করে বাসায় ফিরছি মসজিদ থেকে। মিলন খপ করে হাত ধরে বললো,

'মাসুদ ভাই, আমার সিক্সথ সেন্স ক্ষমতা প্রবল না। কিন্তু আমি কাল রাতে একটা স্বপ্ন দেখলাম আপনাকে নিয়ে। কেন যেন মনে হচ্ছে স্বপ্নটা সত্য হবে।'

'কী স্বপ্ন দেখলেন? কোনো বাজে স্বপ্ন?'

'বাজে স্বপ্ন না। আমি দেখলাম করাচি থেকে আমি চলে যাচ্ছি। আপনি আমাকে প্লেনে উঠিয়ে দিলেন। কোন দেশে যাচ্ছি আমি জানি না। কিন্তু যেখানে গেলাম, আমার কপাল বদলে গেলো। অনেক বছর কেটে গেলো, আমি অনেক টাকার মালিক হলাম। আপনি ততদিনে বাংলাদেশে চলে গেছেন। পরিবার নিয়ে বাড়িতে সুবিধা করতে পারছেন না। আমি আপনাকে সাহস দিলাম ঢাকায় আসতে, আমার দুই ভাই ঢাকায় বিজনেস করছে আমার টাকায়। আপনাকে তাদের সাথে যোগ দেয়ার অনুরোধ করলাম। আপনি ঢাকায় এলেন। বিজনেসে যোগ দিলেন।

সবকিছু স্বাভাবিক থাকতে লাগলো। মাসুদ ভাই, আমি বড়ই লজ্জিত।' 'লজ্জিত কেন মিলন? স্বপ্নে তো আমাকে আপনি কী সুন্দর

একটা বিজনেসের অংশীদার করলেন। স্বপ্ন হলেও এর জন্যে আপনাকে এখন আমার কৃতজ্ঞতা জানানো উচিত।'

'লজ্জিত হচ্ছি এই কারণে, স্বপ্নের শেষটা আপনাকে বলা হয়নি।'

'বেশ, বলুন।'

'আমার গ্রামের বাড়িতে ভাবী এবং বাচ্চারা সহ আপনি বেড়াতে গেলেন, আমার বাবা মা টেলিফোনে বারবার আমাকে জানাচ্ছিলো, এত সুন্দর পরিবার আর এত ভালো মনের মানুষ তারা কখনো দেখেননি। আমি যেন কখনো আপনার সাথে এই বন্ধুত্বের অমর্যাদা না করি। আপনাকে বাবা ছেলে হিসেবে গ্রহণ করেছেন। এই আনন্দ আমার প্রবাস জীবনেও আমাকে স্পর্শ করেছিলো। আমার দুইভাই আপনার সাথে তাদের মতের নানান অমিল দেখাতে শুরু করলো। একের পর এক অভিযোগ করতে লাগলো আমার কাছে। আমি কিছুই বুঝতে পারিনি কী হচ্ছে দেশে। আপনি আমার উপর অভিমান করে চলে গেলেন অন্য কোথাও, আমার আর কখনো যোগাযোগ করা সম্ভব হলো না।'

'তাহলে তো সত্যিই লজ্জিত হবার মত বিষয়। তবে আপনি চিন্তা করবেন না। স্বপ্ন স্বপ্নই থাকে।'

'না মাসুদ ভাই, বাবা আমাকে বলেছিলো কখনো আমাদের সম্পর্কটার অমর্যাদা না করতে। আমি কথা রাখতে পারিনি। দেখা গেলো চিরতরে আমাদের যোগাযোগ বন্ধ। বাস্তবে যেন এমন না হয় মাসুদ ভাই। আপনাকে সারাজীবন সাথে চাই আমার।'

আমি মিলনের কাঁধে হাত রেখে বললাম,

'অবশ্যই আমরা সারাজীবন একসাথে থাকবো। যত দূরেই যাই। স্বয়ং সৃষ্টিকর্তা ছাড়া আপনাকে আর আমাকে কেউ আলাদা করতে পারবে না।'

মিলন মাথা ঝাঁকিয়ে সায় দিলো আমার কথায়।

দিন ফুরিয়ে এলো। মিলনের টিকিট কাটা শেষ। ফ্লাইটের ডেট অনুযায়ী আমাদেরকে যথাসময়ে এয়ারপোর্টে পৌঁছাতে হবে। প্রথমে মিলন করাচি থেকে যাবে ইস্তাম্বুল, সেখান থেকে আমার পরিচিত আরেক লোক তাকে পৌঁছে দেবে ফ্রান্সের উদ্দেশ্যে বিমানে।

আমি টিকিট হাতে দিলাম মিলনের। পাকিস্তান তাকে সমাদরে গ্রহণ করেছে তাতে কোনো সন্দেহ নেই। কিন্তু পাকিস্তানই মিলনের শেষ ঠিকানা নয়। তাকে আজ থেকে প্রস্তুতি নিতে হবে পৃথিবীর অন্য কোনো প্রান্তের। মিলন টিকিট হাতে নিয়ে দেখলো। টিকিট হাতে নিয়ে ঘুরিয়ে দেখতে দেখতে খেয়াল করলাম ওর হাত কাঁপছে। কণ্ঠ জড়িয়ে এসেছে তার। আমার চোখের দিকে তাকাতে পারছে না। মিলন বোধহয় বিশ্বাস করতে পারছে না পুরো বিষয়টা সত্য। নিংড়ানো গলায় সে জানতে চাইলো,

'মাসুদ ভাই! এজন্যই কী আপনি কয়েকদিন ডিউটিতে আসেননি? আমার এসব ব্যাপারে দৌড়াদৌড়ি করতে হয়েছে বলে?'

আমি উত্তর দেয়ার আগে আমাকে থামিয়ে দিয়ে আবার বলতে শুরু করলো,

'আমার আইডি কার্ড চাওয়া, পাসপোর্ট কপি চাওয়া, জন্মনিবন্ধন কপি চাওয়া দেখেও কখনো জিজ্ঞেস করতে ইচ্ছে করেনি আপনি এসব কেন চাচ্ছেন? মাসুদ ভাই আমি খুব বোকা তাই না?'

আমি ততক্ষণে দেখছি মিলনের চোখ লাল। সারা চেহারা লাল। টপটপ করে চোখের পানি পড়বে এক্ষুণি। যেন সারা শরীর দিয়ে সে কাঁদতে চাইছে। নিঃসন্দেহে এই কান্না আনন্দের। এতদিন যাবৎ এই আনন্দ অশ্রুই কি আমি দেখতে চেয়েছিলাম? মিলন এখন পুরোপুরি কাঁদছে। আমি মুগ্ধ হয়ে এক অবাক দৃশ্য দেখছি, অচেনা অজানা একটি ছেলে। কেবল এক দেশেতে জন্মেছি বলে আমার প্রতি তার এত আপনতা। এত শ্রদ্ধা। এই আনন্দ আমি কোথায় রাখি?

মিলন চলে গেলো ফ্রান্সে। সবকিছু ঠিকঠাক ছিলো শেষ পর্যন্ত। ফ্লাইটে কোন সমস্যা হয়নি। তারপর কেটে গেলো অনেক সময়। আমি বিয়ে করলাম। সংসার হলো। পরিবার পাকিস্তান নিয়ে এলাম। হঠাৎ চাকরীতে ধ্বস নেমে এলো। অর্থনৈতিকভাবে চরম বিপর্যন্ত হতে শুরু করলাম। বাধ্য হয়ে দেশে ফিরতে হলো। এবং তারপর আশ্চর্যজনকভাবে মিলনের দেখা সেই স্বপ্ন সত্যি হয়ে গেলো। মিলন বলেছিলো ওর সিক্সথ সেন্স ভালো না। আসলে ওর সিক্সথ সেন্স ক্ষমতা বেশ ভালো। আমার চোখের সামনেই এক এক করে সব ঘটনা সত্যি হলো। ওদের বাড়িতে বেড়াতে গেলাম, ওর বাবার স্নেহ পেলাম, ঢাকায় ওর ভাইদের সাথে ব্যবসাতে জয়েন করলাম। এবং পরিণতি হিসেবে একটা সময়ে মিলনের সাথে ভুল বোঝাবুঝি শুরু হলো। আমি চাকরি নিয়ে চলে গেলাম অন্যত্র।

আমার বয়স বেড়ে গেছে। মনে হচ্ছে দুনিয়ায় মেয়াদ শেষ। পাড়ি দিতে হবে অন্যত্র। মাঝে মাঝে স্মৃতির রোমন্থন করি। সবকিছু মনে পড়ে। মিলনের সাথে কাটানো সুন্দর সময়গুলো মনে পড়ে। পৃথিবী নাকি গোল। প্রকৃতি চাইলেই নাকি প্রিয় মানুষদের সাথে আবার দেখা করান। মিলনের সাথে আবার যদি কখনো দেখা হয়, কখনো হাতছাড়া করবো না। চুটিয়ে গল্প করবো দুজনে। বার্ধক্যের কতশত গল্প। আমাদের ফেলে আসা দিনের কতশত গল্প। ততদিন পর্যন্ত মিলন যেখানেই আছে, ভালো থাকুক।

হুমায়ুনের উড়াল ফানুস

এমন একটি মধ্যবিত্ত পরিবারে আমি বড় হয়েছি যেখানে পরিবারের কর্তাকে অর্থের যোগান এবং প্রয়োজন মেটানোর কাজ করতে হতো অভাবের উপস্থিতি রেখে। খুব বেশি দরকারি জিনিস ছাড়া কর্তা কাউকে অন্য জিনিস কিনে দিতেন না। সেটা হোক খেলনা বা গল্পের বই। এরকম একটি পরিবারে বড় হয়ে আমি কিছু অন্যরকম অভ্যাস করে ফেললাম। যেমন বই পড়া। এই নেশা তুঙ্গে উঠে যাবার পর টিফিনের টাকা জমিয়ে বা বন্ধুদের কাছ ধার করে তিন গোয়েন্দা, মাসুদ রানা, সমরেশ, বিভূতি আর হুমায়ূন পড়া শুরু হলো। গল্প উপন্যাস পড়ার আসক্তি এভাবে জন্যে গেলো যে মারধর খেয়েও তা থেকে দূরে রাখা গেলো না নিজেকে। মাধ্যমিকে পড়াকালীন সময়ে হুমায়ূন আহমেদের লেখা 'তোমাকে' বইটি দিয়ে বই পড়ার জগতে অভিষেক ঘটলো। এবং 'তোমাকে' বইটি পড়েই একজন প্রথম শ্রেণীর বইপোকা হয়ে গেলাম। লেখায় জাদু থাকা এই লেখক আমাকে বইয়ের জগতে ডুবিয়ে রাখলেন দিনের পর দিন। তাঁর বই পড়তে বসলে আমার অন্য কোন বই আর পড়তে ভালো লাগতো না। মাত্র ১৭ বছর বয়সের একজন যুবক হয়ে তখনই হুমায়ূন আহমেদের লেখা প্রায় দু'শতাধিক বই টানা শেষ করে ফেললাম। এই দুই শতাধিক বই দিন দিন আমার শিরায় একটি ইচ্ছে ঢুকিয়ে দিতে লাগলো 'হুমায়ূন আহমেদকে আমি একটা বারের জন্যে ছুঁয়ে দেখতে চাই। তাঁর হাত ধরতে চাই।'

এই লেখক আমার ভেতরে জোছনা ও বৃষ্টিকে ভালোবাসার মন্ত্র ঢুকিয়ে দিয়েছেন। আমি এখনও বৃষ্টি হলে মুখ হা করে রাস্তায় হাঁটি। প্রতি পূর্ণিমায় ছাদে চলে যাই জোছনা গিলতে। এসব পাগলামিতে কে কী ভাবলো না ভাবলো আমি তা ভাবি না। হুমায়ূন আহমেদ আমার প্রিয় লেখক। আমি তাকে প্রচণ্ড আবেগ দিয়ে ভালোবাসি। একজন স্কুল ছাত্রের আবেগ হালকা আবেগ নয়। বেশ গাঢ় এবং মজবুত আবেগ। আমি সেই আবেগ প্রথম দিয়েছি এই লেখককে। তিনি শিখিয়েছেন

জীবনকে কিভাবে সহজ করে দেখা যায়। কিভাবে অসাধ্যকেও সহজ বুদ্ধিতে সাধ্যের কাছে নেয়া যায়।

তাকে ছুঁয়ে দেখার সেই ইচ্ছাপূরণ করতে একদিন স্কুল পালালাম। উদ্দেশ্য ছিলো হুমায়ূন আহমেদের বাসায় গিয়ে তাকে একটাবার ছুঁয়ে আসবো। উদ্দেশ্য মাথায় রেখে ধানমন্ডি রওনা হলাম। শুনেছি তিনি ধানমন্ডিতে 'দখিন হাওয়া' নামের একটি বাড়িতে থাকেন। ধানমন্ডি নেমে রিকশা নেয়া হচ্ছে। রিকশাওয়ালাকে বলা হলো, 'হুমায়ূন আহমেদের বাড়িতে যাব মামা। নিয়া চলেন।' রিকশাওয়ালা হা করে তাকিয়ে আছে। বলে, হুমায়ূন আহমেদ কেডা মামা? চিনি না তো!

রগ চটে যাবার মত কথা। ব্যাটা বলে কী! আমি স্কুলে পড়ুয়া টগবগে তরুণ। হুমায়ূন আহমেদের আমার প্রিয় ব্যক্তি। বাংলাদেশে হুমায়ূন আহমেদ তো একজনই। আমার বইপড়া জগত আর বাস্তব পৃথিবী জুড়ে তিনি জড়িয়ে আছেন ওতপ্রোতো ভাবে। সারা বাংলাদেশ হুমায়ূন আহমেদ'কে চেনে। অথচ এই বেকুব রিকশাওয়ালা চেনে না। এই রাগ আর ক্ষোভ সামলানো গেলো না। রাগে মাথা গরম। মনে মনে তাকে কষে একটা চড় দিয়ে বললাম, 'হুমায়ূন আহমেদ'কে এখনো চেনো না? ধানমন্ডি এলাকায় রিকশা চালাতে বলেছে কে তোমাকে? তুমি থাকো, তোমাকে চিনে রাখলাম। লাইসেন্সধারী পিস্তল দিয়ে তোমাকে গুলি করে মারবো আমি দাঁড়াও।'

রিকশাওয়ালা ভড়কে যাবার অবস্থা। রাগের মাথায় এসব বলেই হনহন করে হাঁটা ধরলাম। আমি স্যারের সাথে দেখা করতে আসলাম, অথচ রিকশাওয়ালা এই বিখ্যাত লোককে চেনে না? বাংলাদেশের একি অবস্থা? সবাই কেবল প্রধানমন্ত্রীর নাম জানলেই চলবে? কবি সাহিত্যিকদের চিনতে হবে না? এই আফসোস আমি কোথায় রাখি? বুক ভরা আফসোস নিয়ে অন্য রিকশা খুঁজতে লাগলাম। বিরাট ভুল হয়েছে। পেছনের ওই লোককে মনে মনে চড় না দিয়ে সরাসরি চড়টা বসিয়ে দিলেই হতো।

বহু সময় খোঁজাখুঁজি করে দখিন হাওয়া গিয়ে পৌছালাম। দারোয়ানকে দেখে মনে হলো 'কোথাও কেউ নেই' নাটকের কুত্তাওয়ালী বাড়ির সেই দারোয়ান। কঠিন চোখ করে ধমকের স্বরে জানতে চাইলো, 'কাকে চাই?' আমার পরনে যেহেতু স্কুল শার্ট, আমাকে নিতান্তই বাচ্চা ছেলে মনে করে ধমকের সুরে কথা বলাটা স্বাভাবিকই বটে।

'হুমায়ূন স্যারের সাথে দেখা করতে এসেছি। একবার একটু হাত ছুঁয়েই চলে যাবো। গেট খুলে দিন।'

'একবার ছুঁয়ে চলে যাবা মানে? কোন এপয়েন্টমেন্ট এনেছো? এপয়েন্টমেন্ট ছাড়া তো দেখা করা যাবে না। এনেছো?'

'না, এপয়েন্টমেন্ট তো আনিনি।'

দারোয়ান গোঁফ শান দিতে দিতে বললো,

'তাহলে দেখা হবে না। যাও যাও। তোমার মত হাজারো লোক প্রতিদিন আসে। এপয়েন্টমেন্ট ছাড়া স্যার কারো সাথে দেখা করেন না।'

আমি অসহায় হয়ে গেলাম তার কথা শুনে। রক্তে বিচরণ করা ছুঁয়ে দেখার ইচ্ছাটা

কি পূরণ হবে না? গোঁফ শান দেয়া বাহাদুরকে জিজ্ঞেস করলাম,

'এপয়েন্টমেন্ট নিতে কী করতে হবে বলে দিন।'

দারোয়ান একটি ফোন নম্বর দিলেন। ফোন নম্বরে যোগাযোগ করলে এপয়েন্টমেন্ট পাওয়া যাবে। আমি স্কুলের ছাত্র। আমার নিজের কোন মোবাইল ফোন নেই। পকেটে টিফিনের টাকা যা ছিলো অর্ধেক রিকশাভাড়া দিয়ে চলে গেছে। বাকি টাকা দিয়ে বাসায় ফিরতে হবে। এই মুহূর্তে হাতে একটা ছোট কাগজ। কাগজে একজনের ফোন নম্বর। যে নম্বরে যোগাযোগ করলে স্যারের সাথে দেখা করা সম্ভব। মাথায় তখন এই চিন্তা। আমি এক দৌড়ে ফ্লেক্সির দোকানে গিয়ে নম্বরটায় ফোন করলাম।

'হ্যালো, কে? কাকে চাই?'

'আমি হুমায়ূন আহমেদ স্যারের সাথে দেখা করতে চাই ভাইয়া।'

'কে তুমি? কী করো?'

'স্কুলে পড়ি। ক্লাস টেন।'

'ক্লাস টেনে পড়ো ভালো। দেখা করতে অনেকেই চায় তোমার মত। কোনো কারণ ছাড়া স্যার কারো সাথে দেখা করেন না। কেন দেখা করবে বলো?'

কেন দেখা করতে চাই সেটা আমি জানি না। এই লোককে এই উত্তর বলা যাবে না। বললে সম্ভাবনা শূন্যে নেমে যেতে পারে। বানিয়ে বললাম,

'আমি একটা বই লিখেছি। স্যারকে বলতাম নামটা ঠিক করে দিতে।'

'বই তুমি লিখেছো স্যার কেন নাম ঠিক করবেন? স্যার কি অন্যদের বইয়ের নাম ঠিক করতে বসে আছেন?'

'কিন্তু আমার বইটা নিজের লেখা প্রথম বই।'

'প্রথম বইয়ের নাম নিজে দিতে পারছো না বড় হয়ে লেখক হবে কিভাবে?'

'আপনি যদি একটু।' বলার আগেই কেটে গেল।

মন খারাপ হল। বানানো অজুহাত কাজে আসলো না। মন খারাপ নিয়ে ফিরে এলাম। জাদুকরের সাথে সেদিন আর দেখা হলো না। এই কষ্ট দীর্ঘদিন ভেতরে রয়ে গেছে ঠিক। কিন্তু সেদিনের সেই বানানো অজুহাতটা ভেতরে সেঁটে গেলো। আমি সত্যি সত্যিই ক্লাস টেনে পড়াকালীন 'ভূত সমাজ বিলুপ্ত' নামে একটি বই লিখে ফেললাম। জীবন আমার দিকে পরম মমতায় তার বাহু বাড়িয়ে দিলেন। আমি লিখতে শুরু করলাম। একদিন হুট করে মনে হলো আমার জন্মই হয়েছে লেখার

জন্য। স্কুল জীবন, কলেজ জীবন, বিশ্ববিদ্যালয় জীবন শেষ করলাম। লেখালেখির পাশাপাশি রেডিওতে কাজ শুরু করলাম। আচ্ছা, এই যে রক্তে লেখালেখি মিশে যাওয়া। এটা কার জন্যে সম্ভব হলো? হুমায়ূন আহমেদ কি কখনো এই কৃতজ্ঞতা হাত বাড়িয়ে গ্রহণ করবেন? করবেন না। মানুষ হয়ে জন্মানোর একটি আফসোস হলো, আমরা প্রিয় মানুষগুলোকে 'ভালোবাসি' বলার সুযোগ বেশিরভাগ সময়-ই হারিয়ে ফেলি। তারা দূরে চলে যান।

রেডিওতে কাজের সুবাদে বিভিন্ন বড় মাপের মানুষের সাথে সাক্ষাৎ হয়। আড্ডা হয়। শো করা হয়। হুমায়ূন আহমেদের জন্মদিন উপলক্ষ্যে আমি ১৩ নভেম্বর ২০১৮ এর একটা শো'তে দু'জন অতিথিকে এনেছি। একজন অন্যপ্রকাশের মাজহারুল ইসলাম। অন্যজন সিরাজুল কবির কমল। হুমায়ূন আহমেদ মারা যাবার পর আমার ভালো থাকার জগতের অর্ধেকটায় পঁচন ধরে যাচ্ছিলো। তার লেখা সব বই আমাকে সেই পঁচন থেকে রক্ষা করে যাচ্ছে। স্যারের কাছে কখনো যেতে পারিনি। এই আফসোস ঘোচাতে তাঁর খুব কাছের মানুষগুলোর সান্নিধ্যে থাকতে পছন্দ করা শুরু করলাম।

স্যারের জন্মদিন উপলক্ষ্যে যে দু'জন কে আনা হয়েছে তাদের নিয়ে লিখবো আজ। তারা হুমায়ূন আহমেদের সাথে জড়িত কিছু স্মৃতি, ঘটনা, গল্প বলেছেন শো'তে। আমি মাতালের মত সব কান পেতে শুনেছি। মনে হয়েছে আমি-ই বুঝি মাজহারুল ইসলাম। আমিই বোধহয় কমল।

দু'জনের মুখে যেভাবে শোনা, সেভাবেই লিখলাম।

সিরাজুল কবির কমল

স্যারের সাথে সবসময় আমি বডিগার্ডের মত থাকতাম। তিনি যেখানে যেতেন, ব্যক্তিগত রক্ষাকারী হিসেবে আমিও সাথে সাথে থাকতাম। একদিন স্যার ডেকে বললেন, কমল, তুমিতো গার্ড দেয়ায়

বিশেষ দক্ষতা অর্জন করেছো। এক কাজ করো আমার নাটকে অভিনয় শুরু করে দাও। বাসায় বলতে পারবে, একটা কাজে যাচ্ছো।

'স্যার, আমিতো কখনো অভিনয় করিনি। অভিনয় স্যার আমাকে দিয়ে সম্ভব হবে বলে মনে হয় না।'

'কমল, অসম্ভব বলে কিছু নেই। তুমি শুরু করে দেখো। চেষ্টায় ক্ষতি নেই। যদি খারাপ হয় তোমাকে বাদ দিয়ে দেয়া হবে। ঝামেলা তো নেই।'

এই উৎসাহে আমি অভিনয় করার সাহস যুগিয়ে ফেললাম। 'বৃক্ষমানব' নাটকে প্রথম অভিনয় করলাম এক দারোয়ান হিসেবে। যে সবসময় হাসে। কষ্টেও হাসে, সুখেও হাসে। সারাক্ষণ হাসে বলে দারোয়ানের নাম হাস্যমুখী। আমি হাস্যমুখী দারোয়ান হিসেবে পরিচিতি পেলাম। নাটকে নায়িকার মা আমাকে হাসতে দেখে ধমক দিয়ে বললেন,

'এই দারোয়ান কারণে অকারণে হাসবে না। আমি হাসি পছন্দ করি না। বুঝেছো?'

আমি অট্টহাসি দিতে দিতে বললাম,

'বুঝেছি। হাসি থামছে না।'

নায়িকার মা চটে গেলেন। তিনি কার কাছে যেন শুনেছেন আমি সাপের কামড় খেয়েও হেসেছি। আমাকে জিজ্ঞেস করলেন,

'সাপের কামড় খেয়েও হেসেছো কেন?'

'সাপ ছিলো আম্মা সাধারণ। বিষ নাই ভেতরে। নিজে কামড় দিয়া বেচারা নিজেই ব্যথা পাইছে। এই জন্যে হাসছি।'

আমি প্রথমে ভাবতাম অভিনয় আমাকে দিয়ে হবে না। ভাবনায় ভুল ছিলো। অভিনয়ে ঢোকার পর স্যার কখনো আমাকে দিয়ে একটা শট

দু'বার নিতেন না। অর্থাৎ আমি প্রথমবারেই ভালো করতাম। আমার ভেতর থেকে অভিনয় বের করে আনার কাজ স্যার এত সহজ কিভাবে করে ফেললেন জানি না।

নাটকে দারোয়ানের অভিনয় করতে করতে আমি সত্যিকার অর্থেই একজন দক্ষ গার্ড হয়ে গেলাম। বইমেলার উপচে পড়া ভিড়ে যেন স্যারের কোন সমস্যা না হয়, স্টল ভেঙে যেন কোন দুর্ঘটনা না ঘটে এই পরিস্থিতি সামাল দেয়ার জন্যে আমি গার্ডের কাজ করতাম। পাঠককে বাঁশি বাজিয়ে লাইনে দাঁড় করাতাম। শৃঙ্খলা তৈরী করতাম। এই কাজটা ভালোবাসা এবং শ্রদ্ধা থেকে করতাম এটা কেবল আমি আর বিধাতা জানতেন বলে ধারণা ছিলো। এর বাইরে কেউ জানবে কখনো ভাবিওনি। যে মানুষটা আমার শ্রদ্ধাবোধ এবং ভক্তি থেকে করা দারোয়ানগিরি'কে নজরে রেখেছেন, তিনি একটি বইয়ের উৎসর্গ পত্রে লিখেছেন, 'কমল, তুমি আমার বাস্তব জীবনে আমার শরীরকে গাইড দিচ্ছো। আমাকে রক্ষা করছো। তুমি কি আমার আত্মার গাইড দিতে পারবে?'

পুরুষ মানুষের খুব সহজে চোখের জল ফেলতে হয় না। আমি উৎসর্গ পত্রের লেখাটা পড়ে টপটপ করে চোখের পানি ছেড়ে দিলাম। আমি তো সত্যিই আত্মার গাইড দিতে পারবো না। বিধাতা আমাকে সেই ক্ষমতা দেননি।

হুমায়ূন জগতে প্রবেশের প্রথম বই ছিলো হিমু নিয়ে একটি বই। হিমু আমার অসম্ভব পছন্দের একটি চরিত্র। স্যারকে জিজ্ঞেস করা হয়েছে,

'স্যার, সবকিছু নিয়ে তো সিরিজ হলো নাটক সিনেমা হলো। হিমু নিয়ে কেন কোন নাটক করছেন না?'

'আমার হিমু বইয়ের যত পাঠক আছে, তারা প্রত্যেকে নিজেদের ভেতরে একটি করে ব্যক্তিগত হিমু ভেবে রেখেছেন। আমি কোন একজনকে হিমু সাজিয়ে নাটক করলেই পাঠক ধাক্কার মত খাবে। কারণ

তাদের কল্পনার সৃষ্ট হিমু কখনো নাটকের হিমুর সাথে মিলবে না। তাই পাঠকের কল্পনাকে কল্পনার মত থাকতে দিতে আমি হিমু নিয়ে নাটক বানাতে চাচ্ছি না।'

সে বছর বইমেলায় একজন মোটামত ছেলেকে হিমুর হলুদ পাঞ্জাবি পরিয়ে মেলায় দাঁড় করানো হলো। হাজার হাজার অভিযোগে সেই ছেলে বিরক্ত হয়ে গেলো।

'তুমি হিমু সেজেছো কেন? হিমু তো তোমার মত মোটা না।' এরকম অভিযোগ শত শত। তখনই পাঠকের প্রতিক্রিয়া দেখে বুঝলাম, হিমু প্রত্যেকের কল্পনার মত। কোন নির্দিষ্ট অবয়ব কখনো হিমু হতে পারবে না। সম্ভব না।

হিমু আসলে কে জিজ্ঞেস করলে তিনি বলতেন, তিনিই হিমু।

আমি মনে করি হুমায়ূন আহমেদই আসলে হিমু। যদি তিনি হিমু না হন, তবে কেন তিনি জোছনারাত হলেই বাইরে বেরিয়ে পড়তেন? বৃষ্টি হলেই কেন খালি গায়ে বৃষ্টিতে ভিজতেন? রাস্তা দিয়ে হাঁটলে কোন শীতার্ত মানুষের শরীরে কাপড় না থাকলে কেন নিজের গায়ের কাপড় খুলে তাকে দিয়ে দিতেন?

আমি কমল। জীবনের গুরুত্বপূর্ণ একটি অধ্যায় জুড়ে যে হুমায়ূন আহমেদ জড়িয়ে আছেন। তা আমৃত্যু পর্যন্ত একবারও অস্বীকার করার কোন রাস্তা আমার খোলা নেই। মানুষটাকে ভালবাসতে বাসতে আমি বাকিজীবন কাটিয়ে দিবো।

মাজহারুল ইসলাম

১৯৯৩ সালে স্যারের সাথে আমার প্রথম দেখা। তখন ঢাকা বিশ্ববিদ্যালয় থেকে সদ্য পাশ করে বের হয়েছি। একটি মঞ্চ নাটক করেছি। স্যার যেন সেই নাটক দেখেন, যদি ভালো লাগে আমাকে তাঁর নাটকে সুযোগ দিবেন। এই আশা নিয়ে যাওয়া। স্যার জানালেন দীর্ঘ

সময় নিয়ে মঞ্চ নাটক দেখায় তিনি আগ্রহী নন। তিনি যাবেন না। আমি মন খারাপ নিয়ে ফিরে এলাম। তারপর আর কখনো দেখা হয়নি। ১৯৯৭সালে 'অন্যপ্রকাশ' নিয়ে যাত্রা শুরু করি। মাত্র তিনটা বই নিয়ে যাত্রা শুরু। আমাদের পাশের স্টলেই হুমায়ূন আহমেদ বসেছেন। সেখানে পাঠকের অস্বাভাবিক ভিড়।

পাঠক লাইন ধরে অটোগ্রাফ নিচ্ছে। আমিও কয়েকবার লাইনে দাঁড়িয়ে অটোগ্রাফ নিয়ে আসলাম। ভিড় দেখে আমার মন খারাপ হলো। স্যারের কোন বই যদি আমরা ছাপাতে পারতাম এমন ভিড় আমাদের স্টলেও হতো। এই মন খারাপ হৃদয়ে জায়গা পেতে বসে রইলো। স্যারের বই না ছাপালে মন খারাপ যাবে না। সাবের ভাই নামে একজন আছেন যিনি স্যারের খুব কাছের মানুষ। তার সাথে যোগাযোগ করলাম স্যারের কোন বই আমরা ছাপাতে পারি কিনা একটু স্যারকে বলে দেখতে।

'মাজহার, স্যারকে বলেছি তোমাদের কথা। স্যার বলেছেন তোমরা যদি দশ লক্ষ টাকা স্যারকে দিতে পারো স্যার তোমাদের একটি বই প্রকাশ করতে দেবেন।'

আমাদের মাথায় আকাশ ভেঙে পড়ার কথা। ভেঙে পড়তে দিলাম না। যদিও দশ লক্ষ টাকা অনেক টাকা! তিনজন মিলে নতুন কাজ শুরু করেছি সবে। কারো কাছেই অত টাকা নেই আর। দশ লক্ষ টাকা কোথায় পাবো? কোথায় পাবো ভাবলাম না। একটাই চিন্তা ছিলো, অন্যপ্রকাশকে দাঁড়াতে হলে হুমায়ূন আহমেদের বই ছাপাতেই হবে। যে করেই হোক। সুতরাং, দশ লক্ষ টাকা স্যারকে দেয়াটা একটা সুযোগ মনে হলো। বহুকষ্টে আমরা তিনজন এই টাকা যোগাড় করলাম। টাকা মানে টাকা। চেক বা ব্যাংক ড্রাফট না। ব্যাংক থেকে দশ লক্ষ টাকার খুচরা নোট নিয়ে রওনা হলাম স্যারের কাছে। সবগুলো টাকা নতুন। স্যার নতুন টাকা পছন্দ করতেন এটাও জানা। খুচরা দশ লক্ষ টাকায় একটা বস্তা ভরে গেলো। বস্তা নিয়েই স্যারের কাছে হাজির।

স্যার বস্তাভর্তি টাকার কথা শুনে চমকে গেলেন। বললেন, ঢালো তো, আমি দেখি। এক বস্তা টাকা ফ্লোরে ঢালার পর একটা বড় স্তূপ হয়ে গেলো। স্যার মুগ্ধ হয়ে নতুন টাকার এই স্তূপের দিকে তাকিয়ে আছেন। সাবের ভাইকে ডেকে বললেন,

'সাবের, আমি মানুষকে মুগ্ধ করতে পছন্দ করি। এই ছেলে তো আমাকে মুগ্ধ করে দিলো। এই মুগ্ধতা কোথায় রাখা যায় বলোতো?'

স্যার আমাদের প্রকাশনীকে বই দিতে রাজি হলেন। একটা সাদা কাগজে বইয়ের নাম লেখা হলো। নাম 'শুভ্র'। এই বই অন্যদিন পত্রিকায় ছাপা হবে এবং আগামী বইমেলায় উপন্যাস আকারে আসবে। আমরা তো মহাখুশি।

স্যার ততদিন পর্যন্ত পশ্চিম বাংলার একটি পত্রিকায় লিখতেন। দেশের কোন পত্রিকায় তার লেখা আসতো না। আমাদের পত্রিকায়ও তিনি লেখা দিতে রাজি হলেন না প্রথমে। আমি তাকে বললাম, স্যার, আপনি দেশের এত বড় একজন লেখক হয়ে বাইরের পত্রিকায় লিখবেন। দেশের পত্রিকায় আপনার লেখা থাকবে না। ব্যাপারটা কেমন না স্যার? এই যুক্তি তার পছন্দ হলো। তিনি আবারও সাবের ভাইকে ডেকে বললেন,

'সাবের, আমিতো যুক্তিবাদী মানুষ। আমি যুক্তি দিতে পছন্দ করি। এই ছেলের যুক্তি তো আমাকে পরাস্ত করে দিলো। আমি হার মানলাম।'

তারপর দেশের পত্রিকায় তিনি লিখতে রাজি হলেন। আমাদের প্রকাশনী থেকে তার প্রথম বই বের হলো 'রূপার পালঙ্ক'।

ভালোবাসা বা শ্রদ্ধাবোধ থেকে কিনা জানি না। আমি দ্বিতীয়বারের মত স্যারকে অবাক করার সুযোগ পেলাম। আমাদের প্রকাশনীর বের করা স্যারের প্রথম বই সে বছর ৫৫ হাজার কপি বিক্রি হয়ে গেলো। সে পর্যন্ত কোন বইয়ের বিক্রি এই বইকে ছাড়িয়ে যেতে পারেনি। স্যার এই ঘটনা শুনেও মুগ্ধ হলেন। এবং তারপর থেকে অন্যদিন এবং অন্য প্রকাশের সাথে স্যার যাত্রা শুরু করলেন পুরোপুরিভাবে।

'বোকা এবং বৃদ্ধ সংগঠন' নামে তার একটি ক্লাব ছিল। যেখানে বয়স্করা ছাড়া কেউ যুক্ত হতে পারতেন না। আমরা কজন তরুণ সেই সংগঠনে ঢুকে পড়েছিলাম। স্যার বলতেন, 'মাজহার, আমার এই সংগঠনে তরুণদের কোন জায়গা নেই। তোমরা অনেকটা শিং ভেঙে বাছুর হয়ে আমাদের সাথে যুক্ত হলে।'

আমরা স্যারের সেই সংগঠনে যুক্ত থেকে নিজেকে ভাগ্যবান দাবি করেছি এবং অসম্ভব আনন্দ পেয়েছি। কারণ সেই সংগঠনের আড্ডায় গান হতো, নানারকম বিষয়ে কথা হত, হাসি ঠাট্টা হত! স্যার মজার মজার কথা বলে সবাইকে মাতিয়ে রাখতেন। এই মানুষের সান্নিধ্যে সময় কাটাতে পারলে সময় খারাপ যাবার প্রশ্ন অনেক দূরে থেকে যায়।

যেকোন ছোটখাটো বিষয়কে হাসির করে তুলতে জানতেন নিখুঁতভাবে। স্যার, আমার পরিবার এবং নুহাশ চলচ্চিত্রের সবাই সহ একবার আমরা চীনে বেড়াতে গেছি। সেখানে ম্যাকডোনাল্ডস নামক হোটেলে খাবারের জন্যে লাইন ধরে দাঁড়িয়েছি সবাই। লাইনে আমার চার বছর বয়সী পুত্র অমীয় আছে। স্যার তার এক ভ্রমণকাহিনী 'রাবণের দেশে আমি ও আমরা' নামক বইতে লিখলেন 'ম্যাকডোনাল্ডসে যখন সবাই খাবারের জন্যে লাইনে দাঁড়িয়ে দীর্ঘক্ষণ অপেক্ষা করছিলাম, আমাদের অমীয় দেখলো দূরে এক চাইনিজ বাচ্চা বার্গার খাচ্ছে। ও বাচ্চাটার বার্গার খাওয়া দেখে চটে গেলো। তার মনে হলো, আমি এতক্ষণ লাইনে থেকে খাবার পাচ্ছি না। এই ছেলে কত আরামে বার্গার খাচ্ছে। সে খুব দ্রুত একটি ফ্লাইং কিক দিয়ে চাইনিজ বাচ্চাটাকে ধরাশায়ী করে ফেললো। সাথে সাথে আমি মাজহারের দিকে তাকালাম। দেখি তার মুখে বিজয়ের হাসি। কারণ তার ছেলে একটি কাজের মত কাজ করেছে।'

স্যারের এই লেখা বইতে পড়ে আমি চীন ভ্রমণের কাহিনী মনে করার চেষ্টা করলাম। কিছুতেই মনে পড়লো না। মনে পড়ার কথাও না। আমার স্মৃতি দুর্বল। লেখকদের সব মনে থাকেন। ক্ষুদ্র থেকে ক্ষুদ্রতর

বিষয়ও তারা অতি গুরুত্বের সাথে মনে রাখতে জানেন। আমার পুত্র অমীয়কে নিয়ে স্যারের আরেকটি লেখা আছে তার আত্মজীবনীতে। লেখাটা এরকম, বিবিসি থেকে ইন্টারভিউ নেয়ার জন্যে লোক এসেছে। তারা 'কাফকা' সাহিত্য নিয়ে নানা প্রশ্ন করে যাচ্ছে। তাদের কোন কোন বই পড়েছি এই সেই। অমীয় আমার পাশে মাটিতে বসে খেলছিলো। হঠাৎ খেলা রেখে সে আমার গালে ঠাস করে একটা চড় দিয়ে দিলো। যে ইন্টারভিউ নিচ্ছে সে তো হতভম্ব। জিজ্ঞেস করলো,

'স্যার আপনার ছেলে?'

'না। আমার পাশের ফ্ল্যাটে আমার প্রকাশক মাজহার থাকে তার ছেলে।'

'বলেন কী স্যার। প্রকাশকের ছেলে স্যার আপনার গালে চড় দিয়ে বসলো।'

'ও কিছু না। মাজহার তো সাহিত্য টাহিত্য একটু কম বোঝে। কাজেই কাফকা সম্পর্কিত কঠিন প্রশ্নটশ্ন তে অমীয় বিরক্ত হচ্ছিলো। তাই গালে চড় বসিয়ে দিয়েছে।'

স্যারের এই লেখা পড়ে আমি হাসলাম। আমার খুব ইচ্ছে করলো তখন অমীয়কে জিজ্ঞেস করি, 'বাবারে স্যারকে চড় দিয়ে তুমি আমার সাহিত্য কম বোঝা নিয়ে কী বোঝালে আমিতো কিছুই বুঝলাম না। একটু ক্লিয়ার করে দাও। চার বছরের অমীয় আমার কথার কিছুই বুঝবে না বলে জিজ্ঞেস করা হয়নি।'

লেখক হুমায়ূনকে আমরা সবাই চিনি। ব্যক্তি হুমায়ূন'কে চিনি না কেউই।

কিংবা খুব সংখ্যক মানুষ তাকে চেনার সুযোগ পেয়েছি। স্যারের খুব কাছে থাকার ভাগ্য বিধাতা যে কজন মানুষকে দিয়েছেন আমি এবং কমল তাদের মধ্যে আছি। এই কৃতজ্ঞতা সৃষ্টিকর্তা কে জনম জনম জানাবো।

হুমায়ূন আহমেদ দৈহিক গঠনে ছিলেন ছোটখাটো। কিন্তু তার হৃদয় ছিলো দিগন্ত বিস্তৃতি আকাশ। তিনি দেশের কতরকম অসহায় মানুষের সেবা করে গেছেন তার হিসেব কখনো রাখার সুযোগ কারো হয়নি। স্যার সেসব কর্মের কথা কখনো প্রকাশও করতে চাইতেন না।

২০০১ সালের এক রাতের ঘটনা। স্যারের হঠাৎ তীব্র বুকের ব্যথা উঠলো। সোহ্রাওয়ার্দীতে ভর্তি করানো হলো তাড়াহুড়ো করে। ডাক্তার জানালেন খুব কম সময়ের মধ্যে তাকে একটা ইনজেকশন দিতে হবে যার নাম 'লাইফ সেভিং ইনজেকশন'। কমল ছুটে গেলো সেই ইনজেকশন আনতে। সেই মুহূর্তে হাসপাতাল এবং তার আশেপাশের কোন ফার্মেসীতে তা পাওয়া গেলো না। শেষমেশ ঢাকা মেডিকেলের এক ডিসপেনসারিতে ইনজেকশন পাওয়া গেলো। ঘন্টাখানেকের মধ্যে কমল ইনজেকশন নিয়ে ফিরে এলো। সে যাত্রায় স্যার বেঁচে গেলেন। ডাক্তার জানিয়েছিলেন, বেশিরভাগ সময় রোগীকে এই ইনজেকশন দিতে না পারলে রোগী বাঁচে না। এই খবর স্যারকে মর্মাহত করলেন। যেই ইনজেকশন না দিলে রোগী মৃত্যুপথে চলে যায়, সরকারি হাসপাতালে সেই গুরুত্বপূর্ণ ইনজেকশনটাই কেন থাকবে না।

প্রতি ইনজেকশনের দাম তখন ৪/৫ হাজার টাকা। স্যার ঠিক করলেন ১০০ টা ইনজেকশন হাসপাতালের জন্যে ডোনেট করবেন। আমি তার কথামত ১০০ টা ইনজেকশন হাসপাতালে পাঠাবার ব্যবস্থা করলাম।

দুঃখী মানুষের দুঃখ ব্যক্তি হুমায়ূন আহমেদকে গভীরভাবে স্পর্শ করতো। কত নিরীহ মানুষকে তিনি আর্থিক সাহায্য করেছেন তার হিসেব আমি এত কাছে থেকেও বের করে উঠতে পারিনি।

খাদ্য রসিক হিসেবে স্যারের যে ভালো নামডাক ছিলো একথা সবার মোটামুটি জানা। যেকোনো ভালো খাবার তিনি একা খেতেন না। সবার সাথে খেতে পছন্দ করতেন। আমার হাতের গলদা চিংড়ি ও খাসির মাংস

স্যারের পছন্দ ছিলো। কখনো দেখা গেছে পরিবারের কজনের জন্যে রেঁধেছি। স্যার হঠাৎ গেস্টদের দাওয়াত দেয়া শুরু করতেন। মুহূর্তেই বাসা ভর্তি গেস্ট হয়ে যেত। মাঝরাতেই আমি আবার গলদা চিংড়ি আর খাসির মাংস রান্না করতাম। এমন অসংখ্য অভিজ্ঞতা নিয়ে মানুষটার পাশে থাকার দিনগুলো ভুলবো কিভাবে?

খুব অল্পতে রেগে যাওয়ার একটা ক্ষুদ্র অভ্যাস স্যারের ছিলো। যেকোন তুচ্ছ বিষয়ে তিনি রেগে যেতেন এবং কোনরকম তর্ক করা পছন্দ করতেন না। একবার আমরা জাহাজে করে সুন্দরবন সফরে যাচ্ছি। জাহাজে গরু জবাই করে তেহারী রান্না করা হলো। সবাই খেতে বসলাম। হঠাৎ স্যার বলে উঠলেন তেহারীতে লবণ বেশী হয়েছে। বাবুর্চিকে ডেকে জিজ্ঞেস করা হলো লবণ বেশি দিল কেন। বাবুর্চি স্যারের মুখে মুখে বলছে 'স্যার, লবণ বেশি হয়নি। ঠিকই আছে।' পরপর তিনবার জিজ্ঞেস করার পরও বাবুর্চি একই উত্তর দিলেন। স্যার গেলেন চটে।

তেহারী সুদ্ধ প্লেট বাবুর্চির দিকে ছুঁড়ে মারা হলো। এবং বলা হলো হাত পা বেঁধে যেন বেটাকে সাগরে ফেলে দেয়া হয়। তার কিছুক্ষণ পর স্যারের কেবিনে বাবুর্চির ডাক পড়লো। বাবুর্চিকে স্যার বললেন, 'লবণ একটু বেশি হয়েছে আমার জন্যে। কেউ লবণ বেশি খায় কেউ কম। তুমি তর্ক করেছো এই ব্যাপারটা আমার ভালো লাগেনি তবে তোমার রান্না অসাধারণ হয়েছে। নাও, এই এক হাজার টাকা তোমার বখশিশ।'

যে মানুষটা একটু আগে হাত পা বেঁধে সাগরে ফেলে দিতে বললো। সে মানুষটা ডেকে নিয়ে এক হাজার টাকা বখশিশ দিচ্ছে। এই ঘটনা বাবুর্চিকে নাড়া দিলো। স্যারের সামনেই সে টপটপ করে চোখের পানি ফেলছে। স্যার বলছেন, ধুর। কাঁদছো কেন!

আমি তার বই পড়ে অনেকবার কেঁদেছি। বইয়ের ঘটনা কখনো বাস্তব হয় না। তবু জানিনা কেন কাঁদতাম। বইয়ের ঘটনা একবার বাস্তব হলো। বাস্তব জীবনে একবার তিনি আমাকে কাঁদিয়েছেন। যেই কান্নার

নেপথ্যের ইতিহাস আমার জীবনের অন্যতম প্রাপ্তিদের ভেতরে অন্তর্ভুক্ত থাকবে। ঘটনাটা শেয়ার করি,

আমি নতুন বিয়ে করেছি। স্যার বললেন, 'মাজহার, তোমার বউকে নিয়ে নুহাশপল্লী আসো। আমি তোমাদের জন্যে একটা রিসিপশনের আয়োজন করতে চাই। স্যারের কথামত আমি আমার স্ত্রীকে নিয়ে পরদিন নুহাশপল্লীর উদ্দেশ্যে রওনা হলাম। মির্জাপুর ঘাট থেকে বজরা নৌকা করে নুহাশপল্লী যেতে হতো। বজরা চলছে। আমরা যত এগিয়ে যাচ্ছি তত স্পষ্ট হচ্ছিলো নুহাশপল্লীর পুকুরঘাটে কিসের যেন জটলা। বজরা সেই জটলার কাছে পৌঁছুতেই দেখি হুমায়ূন স্যার আমাদের রিসিভ করার জন্যে অপেক্ষা করছেন। ব্যান্ডপার্টি বাদ্য বাজাচ্ছে। চারিদিকে মানুষ আর মানুষ। আমার স্ত্রীকে একটা সাজানো পালকিতে তোলা হলো। আমাকে বসানো হলো চার হাতওয়ালা লম্বা একটি চেয়ারে। পুকুরঘাট থেকে নুহাশপল্লীর সীমানায় নেয়া হলো আমাদের।

গ্রামের মেয়েরা ডালা-কুলা সাজিয়ে বউকে বরণ করতে অপেক্ষা করছে। বউয়ের পায়ে দুধ ঢালা হচ্ছে। গ্রামের নিয়মে বউ বরণ হচ্ছে। এত আয়োজন দেখে আমি বিস্মিত! রাতে আমাদের থাকতে দেয়া হলো স্যারের ব্যক্তিগত খাটে। তখনো নুহাশপল্লীতে এত ঘর তোলা হয়নি। একটি মাত্র ঘরে স্যারের জন্যে খাট পেতে বিছানা করা হয়েছিলো। সেই বিছানা আমাদের জন্যে ফুল দিয়ে সাজানো হয়েছে। আমি এবং আমার স্ত্রী তা দেখে চোখের পানি ধরে রাখতে পারিনি। জীবনে অনেক সারপ্রাইজ তো পেয়েছি, পাবো। এমন মুগ্ধ করে কেউ তো আর কাঁদাবেন না। এত আনন্দ তো কখনো হয়নি।

দুপুরে খাবারের পর ঠিক করা হলো আমরা দু'জন একটি চারা রোপণ করবো নুহাশপল্লীর মাটিতে। চারা রোপণ করা শেষে খাসি জবাই করা হলো। সেই খাসি আমার হাতে রান্না হলো। সবাই বেশ মজা করে খাওয়া দাওয়া সারলাম। সন্ধ্যার সংবর্ধনা অনুষ্ঠানে স্যার আমার হাতে নুহাশপল্লীর একটি প্রতীকি চাবি তুলে দিলেন এবং বললেন 'মাজহার

এবং তার স্ত্রীকে এই চাবি আমি উপহার দিলাম। তাদের জন্যে নুহাশপল্লীর দরজা সবসময় খোলা।'

আমি খুব শক্ত হৃদয়ের মানুষ। খুব সহজে চোখের পানি আমার আসে না। সেদিন স্যারের এই চমকপ্রদ উপহারে আমার চোখের পানি ঝরঝর করে ঝরতে লাগলো।

যেই প্রতীকি চাবি স্যার আমাকে উপহার দিয়েছেন সেই চাবির এক জোড়া আমি স্যারকে উপহার করেছিলাম। প্রতীকি চাবি কেবল বিশিষ্ট কেউ এলে তাকে উপহার দেয়া হয়। আমার ভাগ্য অত্যন্ত প্রশস্ত বলে সেই চাবি জোড়ার একটি আমি উপহার পেয়েছি! নয়তো এর যোগ্যতা আমার কখনো যোগাড় হতো না।

যেই মানুষটা অন্যের বিপদে অকাতরে ছুটে যেতেন। যে মানুষটা নির্দ্বিধায় চাইবা মাত্র সাহায্যের হাত বাড়িয়ে দিতেন অসহায় মানুষের জন্যে, যে মানুষটা প্রিয় মানুষদের ভিন্নভিন্ন ঘটনা দিয়ে চমকে দিতে পছন্দ করতেন, যে মানুষটা প্রতিটি পাঠককে জীবনের সরলতার সংজ্ঞা বুঝিয়েছেন সহজ ভাষায়। তাকে আমরা কেন ভালোবাসবো না?

আজ কিংবদন্তী হুমায়ূন আহমেদ স্যারের জন্মদিন। তাকে কী বলে শুভেচ্ছা জানানো উচিত? আমি অভিধানে কোন শব্দ খুঁজে পাচ্ছি না। খুঁজে কখনো পাইওনি। এই জাদুকরের জন্মদিন বছরের প্রতিদিন। এই মানুষকে ভালোবাসার দিন বছরের প্রতিটা দিন। তিনি আমাদের মাঝে নেই এ কথা সত্য নয়। তাঁর সমস্ত সৃষ্টিশীল কাজের ভেতরে তিনি বেঁচে থাকবেন অনন্তকাল। আমি বিশ্বাস করি, যতদিন বাংলা ভাষা থাকবে। বাংলা ভাষাভাষী মানুষ থাকবে। মানুষ যতদিন বাংলায় কথা বলবে ও লিখবে, ততদিন হুমায়ূন আহমেদের সাহিত্যকর্ম আমাদের মাঝে বেঁচে থাকবেন।

আজ ১৩ ই নভেম্বর। হুমায়ূন আহমেদের ৭১ তম জন্মদিন। সারা বাংলাদেশ সহ সারা পৃথিবীজুড়ে স্যারের লক্ষ কোটি ভক্তদের একজন

হয়ে আমি স্যারকে শুভেচ্ছা জানাচ্ছি, শুভ জন্মদিন প্রিয় হুমায়ূন আহমেদ।

জীবনের বিচিত্র সব কাহিনী নিয়ে আমি গল্প করি। গল্প লিখি। আমার জীবনে হুমায়ূন আহমেদকে ভালোবাসতে পারার মত বিচিত্র কিছু আর ঘটেনি। মাজহার ভাই এবং কমল ভাইয়ের গল্পে বুঁদ হয়ে গেলাম কয়েক মিনিটের জন্যে। রেডিওতে কাজ করা আমার পরম সৌভাগ্য বটে, এ দু'জন মানুষের কাছ থেকে স্যারকে নিয়ে এত এত 'সুন্দর ঘটনা শুনতে পাওয়া এক বিশাল প্রাপ্তি। ছুঁয়ে দেখার মধ্যে এক ধরনের স্বস্তি আছে। হুমায়ূন আহমেদকে এই দুজন মানুষ কোনো না কোনদিন ছুঁয়েছেন। হয়তো হাতে হাত রেখেছেন কিংবা জড়িয়ে ধরেছেন। তাঁর স্পর্শ তারা এখনও হয়তো বয়ে বেড়াচ্ছেন।

আমি মাজহার ভাইয়ের দিকে হাত বাড়িয়ে দিয়ে কোমল গলায় বললাম, 'মাজহার ভাই, আমি কি আজকের দিনটাতে আপনার হাতটা একটু ছুঁয়ে দেখতে পারি?'

আমার চোখ ছলছল করছে। দশম শ্রেণীতে পড়া এক তরুণের তীব্র ইচ্ছা সে এক লেখককে ছুঁয়ে দেখবে। আজ তার ইচ্ছাটা প্রকৃতি ভিন্নভাবে পূরণ করছেন। কোনো ইচ্ছাই অপূর্ণ থাকে না।

....

লেখক পরিচিতি

পরিচয় শুরু করা যাক জন্মতারিখ দিয়ে। মূল জন্মতারিখ পহেলা আগস্ট ১৯৯৭ হলেও আমার বাবা ভুল করে ১৩ই জুন ১১৯৬ দিয়েছেন। জন্ম নিবন্ধন পত্র, পাসপোর্ট এবং সকল সার্টিফিকেটে এই তারিখ। ইচ্ছা করে করা এতবড় ভুল নিয়ে তাঁর তেমন কোন অনুশোচনা নেই। চার ভাই-বোনের আমি সবার ছোট। বাবা সরকারী চাকরিতে ছিলেন। মা গৃহিণী।

সম্পাদিত বই: পাঁচমিশালী (২০১৮), মেট্রোপলিটন গল্পগুচ্ছ-৯ (২০১৭), গল্পান্তর (২০১৮)-এ গল্প লিখেছি। একক গল্পের বই 'গল্পশোভন' বের হয়েছে '১৯ এর বইমেলায়। 'কেচ্ছালাপ' (২০২১)।

দেশান্তরী হয়েছি ২০২৪ এর মার্চে। পাহাড় আর সবুজে ঘেরা রূপকথার মত একটা শহরে থাকি। জার্মানীর বাভারিয়া স্টেট-এর মিউনিখ শহর। যেখানে বিখ্যাত কবি রাইনার মারিয়া রিলকে লিখেছিলেন-

Herr: es ist Zeit. Der Sommer war sehr groß.

Leg deinen Schatten auf die Sonnenuhren,

und auf den Fluren laß die Winde los.

অর্থ-

প্রভু, সময় হয়েছে। গ্রীষ্ম ছিল অনেক দীর্ঘ।

সূর্যঘড়ির উপর ফেলো তোমার ছায়া,

আর মাঠের উপর ছেড়ে দাও বাতাসের ঝাঁপটা।

মাঝে মাঝে মৃত্যুচিন্তা হলেই ভাবি- জীবন ভালই দিয়েছে। পাহাড় দেখতে দেখতে মরে যাওয়ার ভাগ্য হলে খারাপ কী!

www.ingramcontent.com/pod-product-compliance
Lightning Source LLC
LaVergne TN
LVHW022106200926
848481LV00003B/1068
* 9 7 9 8 2 3 1 6 1 5 5 5 1 *